SCHRÄGE GESTALTEN

Schräge Gestalten

Peter Walther

SCHRÄGE GESTALTEN
AUTOBIOGRAPHISCHE NOTIZEN

Bibliografische Information der Deutschen Nationalbibliothek:
Die Deutsche Nationalbibliothek verzeichnet diese Publikation in
der Deutschen Nationalbibliografie; detaillierte bibliografische
Daten sind im Internet über http://dnb.d-nb.de abrufbar.

Herstellung und Verlag:
BoD – Books on Demand, Norderstedt
ISBN 978-3-7481-8543-7

INHALT

I. Gestalten

Ernst-August

„Peter, Peter, Peter." Ernst-August gab mir seine feucht-warme Hand, drückte schlaff zu und keuchte: „Schön, daß du mich mal hier oben besuchst." Dabei hätte ich keuchen müssen, denn ich war gerade die Treppen zu seinem Reich unter dem Dach des Futtermittelwerkes, in dem wir beide beschäftigt waren, hochgelaufen.

„Schön, daß du mich mal hier oben besuchst." Und ohne Übergang im gleichen Atemzug: „Uelzen, guck mal hier", wobei er mit ausladender Geste auf Dutzende von Ansichtskarten wies, mit denen er Tür und Fenster seiner Dienstbutze inmitten des Betongraus bepflastert hatte, „Uelzen, Perle der Lüneburger Heide, aber du kommst zu spät", mit Blickwendung zu den kreisrunden Löchern im Boden und dem an einem Seil befestigten Lot, mit dem er in regelmäßigen Abständen die Füllhöhe der Zellen genannten Silobehälter messen mußte, „alles erledigt, alles in Ordnung, keine Probleme."

Ernst August, einziger Sohn des welfisch gesonnenen – „da legen sogar die Hühner gelbe Eier" – Schlossermeisters meines Heimatdorfes sah zwar aus wie die Erstausgabe von George Clooney, aber da er sich nichts aus Frauen machte und dies erfolgreich vor sich selbst und weniger erfolgreich vor seiner Umwelt zu verbergen suchte, konnte er nie in irgendeiner Weise Kapital daraus schlagen. Als Ernst-August 13 Jahre alt war, hatte ihn sein Vater mit einer Eisenstange verprügelt und ihm dabei Kopfverletzungen beigebracht, die fortan sein geistiges Vermögen stark beeinträchtigten und ihn zu jenem Original werden ließen, dem ich hier in den „Schrägen Gestalten" an erster Stelle ein Denkmal setzen möchte.

Ernst-August und die Frauen. Als sein Vater starb, zog seine Schwester mit Mann und Kindern ins Elternhaus ein, man brauchte Platz, Ernst-August wurde das eigene Zimmer genommen, er mußte fortan bis zu seinem frühen Tod mit 60 Jahren im Ehebett neben seiner Mutter auf dem Platz seines Vaters schlafen.

Ernst-August und die Frauen: „Peter, wenn ich einmal heirate, dann muß das eine Frau sein, die Hühner rupfen kann", vertraute er mit in der Frühstückspause an, „und die findest du heutzutage nicht mehr. Neulich war ich in Rehburg und keine von den beiden Töchtern konnte das Huhn rupfen, ich mußte das machen. Kein Wunder, daß die schon über 30 sind und immer noch keinen Mann haben."

Ernst-August und die Frauen. Die Arbeitskollegen glaubten, man könne ihn heilen, wenn er nur einmal in seinem Leben mit einer Frau zusammen wäre. Deswegen legten sie zusammen und bugsierten ihn unter einem Vorwand in ein Bordell, wo sie ihn zu seinem geschlechtlichen Glück zwingen wollten. Der Versuch mußte abgebrochen werden, weil Ernst-August verstört vor dem Angriff auf seine Unschuld davonlief. Bezahlt werden mußte trotzdem. Von nun an verschaffte Kollege Horst ihm hin und wieder während der Arbeitszeit Erleichterung, indem er Ernst-August mit einem Handfeger zwischen den Beinen herumfuhrwerkte, bis es ihm kam. Vor diesen Attacken flüchtete Ernst-August seltsamerweise nie.

Mochte Ernst-August auch sonst ziemlich beschränkt sein, in punkto Heimatkunde konnte ihm niemand etwas vormachen. Das östliche Niedersachsen von der Weser bis an die Elbe kannte er wie seine Westentasche, besonders die Lüneburger Heide und Uelzen, weil seine Mutter daher stammte. Er hatte sich seine Kenntnisse in unzähligen Touren im buchstäblichen Sinn erfahren und war eine Art lebendes Lexikon für dieses Spezialgebiet.

Meine dörfliche Heimat mag eng sein, aber sie läßt niemanden, den sie als zugehörig zählt, verkommen. Als das Futtermittelwerk geschlossen wurde, hat man Ernst-August deshalb als Gemeindearbeiter eingestellt, obwohl man eigentlich keinen zusätzlichen brauchte. Ich habe auch bis heute nicht herausbekommen, ob die Messerei, die Ernst-August oben über den Silos veranstaltete, wirklich notwendig war. Als Gemeindearbeiter hat er jedenfalls alle Straßen, Wege, Wegränder und vor allem den Wald peinlich sauber gehalten, stets aufgeräumt, den Waldboden sogar gefegt, daß man von ihm essen konnte.

R.I.P.

Gartenzwerg

Da lachen ja die Hünner.

So stand es im Lokalteil der Tageszeitung, Wort für Wort unredigiert abgedruckt, mit allen Rechtschreibfehlern, nicht hinten als Leserbrief unter den Vereinsnachrichten versteckt, nein, gleich links auf der ersten Seite in der Kommentarspalte „Unter der Briefmarke". Am schlimmsten war, daß jeder im Dorf wußte, wer diesen Brief geschrieben hatte, diesen kompletten Unsinn einer riesigen Verschwörung des Kettensägeherstellers, der Behörden, der Polizei, seines vermeintlichen Vaters und nicht zuletzt der Siegermächte allein gegen ihn, und wir uns deswegen tagelang vor lauter Scham nicht aus dem Haus trauten.

Leider war er unser Onkel, Gartenzwerg, wie ihn alle nannten, ein kleiner, hagerer Mann mit noch kleineren, füchsisch blickenden Augen, der zweite Mann unserer Tante Alma. Auch Erwin, ihren ersten Mann überragte sie um einen ganzen Kopf, aber der machte dabei wenigstens einen wohlgenährten und gemütlichen Eindruck. Onkel Erwin mochten wir, er verdiente sein Geld als Handlanger auf dem Bau, war nicht gerade mit Geistesgaben gesegnet, aber gutmütig. Da er selbst keine Kinder hatte, spielte er gern den Weihnachtsmann für die Cousinen, meinen Bruder und mich und fiel höchstens durch seine hilflosen Versuche auf, Kaffee zu kochen, indem er in einem Dreilitertopf eine Handvoll ungemahlene Kaffeebohnen zehn Minuten in einem Liter siedenden Wasser vor sich hin ziehen ließ.

Aber er starb lange vor der Rente, das Siedlungshaus, das er vorwiegend mit eigenen Händen gebaut hatte, war gerade fertig. Tante Alma wartete das Trauerjahr ab, gab dann eine Heiratsanzeige auf und erwählte unter den zwei Dutzend Bewerbern ausgerechnet Gartenzwerg. Er war der einzige, der ihr mit Schreibmaschine geschrieben hatte, und das imponierte ihr gewaltig.

Da lachen ja die Hünner.

Es war die Geschichte mit der Kettensäge. Niemand wußte, wozu er eine Kettensäge brauchte, aber er bestellte sich eine im Versandhandel und als sie geliefert wurde, packte er sie sofort aus, überprüfte sie, indem er sie in ihre Einzelteile auseinandernahm – und bekam sie nicht mehr zusammengesetzt. Für Gartenzwerg ein willkommener Anlaß für eine wütende Reklamation, einige geharnischte Briefe, eine Klage, die er natürlich verlor, wie alle anderen Klagen auch, und für den peinlichen Brief in der Tageszeitung.

Das wäre ein Grund gewesen, jeden Kontakt mit ihm zu vermeiden. Aber wir hatten keinen Fernseher – unser Vater lehnte die Anschaffung ab, „weil ich dann nur noch vor der Glotze hänge" – Gartenzwerg und Tante Alma hatten einen und sie waren die einzigen, die meinem Bruder und mir erlaubten, bei ihnen „Simon Templar" und „Mit Schirm, Charme und Melone" zu sehen. So führte uns der Weg an einem Abend in der Woche zu den geliebten Krimiserien und zu Gartenzwergs Prahlereien und Verschwörungsgeschwurbel.

Farbfolie für ein paar Pfennige von Leseberg

Ein Aufschneider vor dem Herrn war er, darin übertraf er sogar noch Käpt'n Blaubär. Als 1967 das Farbfernsehen aufkam, tönte er, es sei nicht nötig, „zwoeinhalbtausend, wer hat das schon", für die neue Technologie hinzublättern, er kriege das mit „Ganzzimmerantenne" und etwas „Farbfolie für ein paar Pfennige von Leseberg" „ganz allein und viel billiger" mit dem alten Schwarzweißgerät hin. Daraufhin wurde das Wohnzimmer ausgeräumt, Wände und Decke mit Aluminiumfolie tapeziert, mit einigen Drähten an die Antennenbuchse angeschlossen – die „Ganzzimmerantenne" – und Buntpapier in den Grundfarben vor den Bildschirm gehängt. Fertig war der Farbfernseher Marke Gartenzwerg. Selbstverständlich funktionierte das nicht, aber Gartenzwerg war nicht davon abzubringen, auf dem richtigen Weg zu sein, „mit ein paar kleinen Verbesserungen" liefe das irgendwann, wir seien nur zu blöd, das zu erkennen. Nach drei Tagen gab er endlich auf, Tante Alma hatte eine Woche zu tun, Stube und Fernseher in den alten Zustand zurückzuversetzen, und mein Bruder und ich hatten zweimal John Steed und Emma Peel verpaßt.

Ich weiß genau, wo der letzte Zeppelin liegt.

Folgenreicher als solche dummen Streiche war seine fixe Idee, er sei der uneheliche Sohn eines Großbauern, auf dessen Hof seine Mutter gearbeitet hatte, und habe infolgedessen ein Anrecht auf ein beträchtliches Erbe, zu dem vor allem der Acker gehören sollte, unter dem der letzte Zeppelin verborgen sei. Den gelte es zu bergen, in großer Zahl nachzubauen, den zweiten Weltkrieg wiederaufzunehmen und mit dieser unschlagbaren Waffe zu gewinnen.

Oft haben wir auf dem Nachhauseweg über diese Spinnerei gefeixt, aber Gartenzwerg meinte es ernst, fand einen Rechtsanwalt, der die Goldgrube erkannte, die sich ihm da auftat, und führte mehrere Prozesse um sein angebliches Erbe, die er samt und sonders verlor. Eines Tages waren dann alle Ersparnisse von Tante Alma verbraucht und das Häuschen mußte versteigert und gegen eine Bruchbude eingetauscht werden. Gartenzwerg war auch dadurch nicht zu stoppen. Er prozessierte weiter und als auch die Bruchbude unter den Hammer kam, suchte er sich eine neue Frau, die ihm seine Spinnereien abnahm und ihn in der Hoffnung auf das Millionenerbe noch eine Weile finanzierte. Tante Alma aber starb wenig später völlig verarmt und einsam in einem kalten und feuchten Zimmer, das nur mit einem Bett, einem Stuhl und einem kleinen Schrank möbliert war.

Mönchs Karl

Immer, wenn ich nach Feierabend zur Abwechslung einmal meine Eltern besuchen wollte, fuhr ich diesen Schleichweg der Erinnerungen: runter von der Bundesstraße, durch Schessinghausen und den Bruch über den Meerbach und den unbeschrankten Bahnübergang hinein ins heimatlich Gruselige. Oder gruselig Heimatliche? Sei's drum.

Unmittelbar hinter der Bahn begann es sich zu entfalten. Links der Kiefernwald, rechts die Siedlungshäuschen aus den 50ern, im ersten wohnt wohl immer noch mein Freund Richard, sein Vater hat dort seine Mutter mit einem Taschenmesser umgebracht, er seiner ersten Frau im Liebesrausch einen Nippel abgebissen, die Häuser meiner Onkel, Tanten, Cousinen, blitzsauber und gepflegt, Kühlhaus, Schützenhaus, das Dorfgemeinschaftshaus auf dem Gelände der ehemaligen Sauerkrautfabrik. Und nur, weil ich an diesem Tag nicht an der Stelle abgebogen bin, an der einst die Baracke stand, Behelfsunterkunft für Flüchtlinge, und stattdessen Friedhof und Kunststoffklitsche links liegen gelassen habe, wurde mir unten an der Kreuzung, wo die Bundesstraße das Dorf in Ober- und Unterdorf zerschneidet, diese göttliche Szene geboten.

Genau dort, wo einst der Laden von Brandts Louise nebst Poststelle und Kohlenhandel sowie Kastanien- und Eichelankauf stand, bewegte Mönchs Karl auf dem Feldweg eine Schubkarre mit Mist in Richtung Friedhof, gut genährt, wie immer in dunklem Anzug, weißem Hemd und dezent gemusterter Krawatte mit doppeltem Windsor. Sein einziges Zugeständnis an den Mist, den er karrte, waren die Gunmmistiefel an seinen Füßen.

Karl gehörte an diesen Ort, ohne Zweifel, das war seine Kreuzung. Schon, als ich noch die gegenüberliegende Zwergschule besuchte, 1. bis 4. Klasse bei Lehrer Marquardt, 5. bis 8. Klasse bei Lehrer Goschke, stand er bei Brandts Louise hinter der Ladentheke und verkaufte uns lose Sahnebonbons für zwei Pfennig das Stück aus dem großen Glas, wenn wir uns in der großen Pause heimlich über die gefährliche Bundesstraße geschlichen hatten. Oder er war in der Poststelle im Nebenzimmer zu finden und Ilona, die sich mit ihrer Farah-Diba-Frisur für die schönste Frau des Dorfes hielt und mit Karl verheiratet war, verkaufte uns Bonbons oder Wundertüten mit Sigurd-Piccolos. Womit Karl auch beschäftigt war und wo er sich auch gerade aufhielt, stets trug er einen dunklen Anzug mit Krawatte, der ihm eine zweite Haut war und in dem er geboren schien.

Als sich der Nachfolger von Brandts Louise von seinen Geschäften trennte, übernahm Karl den Laden, und als wenig später die alte Dame starb, wurde das Haus abgerissen und Karl baute schräg gegenüber einen Supermarkt einschließlich Postamt und einer großzügigen Wohnung im ersten Stock.

Karls große Zeit begann. Ihm gehörte das einzige Lebensmittelgeschäft im Dorf und gleichzeitig leitete er die Poststelle als Beamter. Zu dieser Zeit lohnte es sich, von ihm als Freund angesehen zu werden. Dann mußte man sich im Sandkrug oder in der Linde nur zu ihm setzen und konnte den ganzen Abend saufen, ohne auch nur einen einzigen Pfennig dazubezahlen zu müssen. Ebenso bei den beiden Schützenfesten und beim Kirmes. Am Sonntagmorgen traf man sich in seinem Getränkelager zum Frühschoppen, setzte sich einfach auf die Bierkisten und griff unter sich, wenn man Durst verspürte.

Auch das Nachtleben in der Kreisstadt war ohne Karl und seinen Freundeskreis nicht denkbar, erst in der Bodega-Bar und, als die dann schloß, in der Stern-Bar – aber die strahlte die trostlose Atmosphäre eines Wartesaals dritter Klasse aus mit

Animierdamen, die einen Flunsch zogen, wenn man sich ihnen näherte. Wenn die Horde um Karl also etwas mehr wollte, als sich zu besaufen, zog sie weiter ins Eros-Center am Berge, das von der Kaserne bequem über die Fußgängerbrücke zu erreichen war. Und auch hier war Karl großzügig und bezahlte stets die gesamte Rechnung. Dazu fuhr er noch jedes dritte Wochenende nach Polen, wo er eine Geliebte sitzen hatte, von der seine Frau aber nichts wissen durfte.

Ein Leben in Saus und Braus, von Freunden und Frauen umschwirrt, von den Männern im Dorf beneidet. Und jetzt schob dieser Mann schwitzend eine Karre mit Mist den Feldweg entlang und der Supermarkt sah merkwürdig leer und geschlossen aus, obwohl es noch lange nicht 18 Uhr war. Meine Mutter wußte, wie es dazu kam.

Als die Geschäfte für Dorfläden immer schlechter liefen, sah Karl es nicht ein, seinen ausschweifenden Lebenswandel etwas einzuschränken, er hatte ja noch seinen Beamtenposten und konnte lange von der Substanz zehren, und als die aufgebraucht war, machte er eben Schulden. Um doch wieder auf den grünen Zweig zu kommen, spielte er jede Woche für mehrere hundert Mark Lotto, aber der große Treffer wollte nicht glücken und die Schulden wuchsen umso schneller. Deshalb löste er das mehrere tausend Mark schwere Sparbuch der Enkeltochter auf, auch dieses Geld war schnell wieder verbraucht. Die Lieferanten wollten inzwischen nur noch Bargeld sehen und seine Verkäuferinnen bemühten sich deshalb jeden Abend, die Kasse vor Karl in Sicherheit zu bringen, um am nächsten Morgen die Ware bezahlen zu können und dem Dorf die Einkaufsquelle zu erhalten, solange es irgendwie ging.

Im letzten Akt bediente sich Karl bei der Post, leitete das Geld, das für Nachnahmesendungen kassiert wurde, nicht weiter, sondern finanzierte damit seine Lotto-Systemscheine. Diese Unterschlagung flog sehr schnell auf, Karl wurde suspendiert, kam vor Gericht, wurde wegen Betrugs verurteilt und verlor dadurch nicht nur sein Geschäft, sondern auch noch die sichere Beamtenstellung, das Dorf das einzige Lebensmittelgeschäft und die Poststelle. Das Gebäude, in dem einige Jahre der Kindergarten untergebracht war, ist inzwischen an eine „Pizzeria Ivana" verpachtet.

Karl hatte zwar alles verloren, nicht aber seine Haltung und seinen angeborenen Anzug. Den trug er nun tagsüber, wenn er für ein paar barmherzige Flaschen Bier einem Mondscheinbauern bei dessen Landwirtschaft helfen durfte, und nachts wieder in der Stern-Bar, jetzt allerdings nicht mehr als Stammgast vor der Theke, sondern als Schankkellner dahinter.

Weltzentrum des Geizes

Wieder einmal nahm ich den Schleichpfad der Erinnerungen über Schessinghausen und den Nienburger Bruch. Dieses Mal bog ich aber am Sportplatz links ab.

Rechts der Friedhof, auf dem einst meine Großeltern lagen, die aber längst auf den großen Komposthaufen dort hinter der Familiengrabstätte der Gutsbesitzer entsorgt worden waren. Links der Osterberg mit der Todesbahn, die der Maurer und Hausschlachter Heine im Winter mit Wasser aus Zehnlitereimern für uns vereiste. Wenn man schnell und mutig genug war, schaffte man es bis zur Friedhofspforte, war man zu kühn, knallte man gegen einen Baum und wachte im Krankenhaus wieder auf wie Heiner Büschking.

Am Ende eine scharfe Rechtskurve vorbei an Onkel Gerd, dem Briefträger mit der verkrüppelten Hand, der vor dem Krieg wohl Friseur war und uns Kindern immer noch die Haare schnitt, der Pißpottschnitt für eine Mark. Als sich einmal Gleisbauarbeiter an der nahen Bahn auf einem Abstellgleis einen Waggon als Kantine mit Fernseh' eingerichtet hatten, verzichtete ich kurzentschlossen auf den Haarschnitt und gab das Geld für zwei Cola aus. Leider wollten mir meine Eltern das

Märchen vom bösen Mann, der mir die Mark mit Gewalt abgeknöpft habe, partout nicht abnehmen.

Nach wenigen Metern hieß es links abbiegen. Linkerhand ein Häuschen mit Glasbausteinen statt Fenstern und einer Betonplatte als Vorgarten. Hier wohnte ein Mann von kurzer, kräftiger Statur mit Oberarmen wie Gerd Müllers Oberschenkel und militärischem Kurzhaarschnitt, der vor allem dadurch auffiel, daß er tagaus tagein einmal zum Bahnhof in die Kreisstadt radelte, immer in einem gelben Ostfriesennerz, nur eine Hand am Lenker, am ausgestreckten Arm einen Koffer, auf dem Hinweg links, auf dem Rückweg rechts. In einen Zug hat ihn nie jemand steigen sehen.

Als sich die Nachbarn beschwerten, „der ist bekloppt, der hat keine Gardinen und putzt seine Fenster nie", hat er kurzerhand die Fenster herausgerissen und die Öffnungen mit Glasbausteinen zugemauert. Als die Nachbarn sich beschwerten, weil sich in seinem Garten der Müll türmte, schaufelte er eine ein Meter zwanzig tiefe Grube, warf alles hinein, schüttete Erdreich und Kies darauf, verdichtete die Füllung mit einem Handrüttler und versiegelte die Oberfläche mit einem zugegebenermaßen etwas unebenen Estrich.

Gebaut hatte sich das Häuschen die Familie Quaiser Der alte Quaiser war ein sparsamer Mann und ein wahrer Despot. In den Nachkriegsjahren durfte seine Frau keine neue Bekleidung für sich, die Tochter oder den Enkel kaufen, alles sollte sie aus Lumpen nähen. Für sich selbst machte er aber eine Ausnahme. Ebenso bei der Butter, die für ihn reserviert war, während die Familie sich Margarine aufs Brot schmieren durfte.

Das ist meine Butter von meinem Geld, verdient euch selbst was, dann könnt ihr eure eigene Butter dafür kaufen

Am knausrigsten war er beim Heizungsmaterial. Er kümmerte sich selbst um den Ofen und wenn er wochentags auf Arbeit war, durfte seine Frau genau ein Brikett verfeuern. Damit sie ihn nicht dabei betrog, nummerierte er die einzelnen

Stücke im Keller mit Kreide durch und gab morgens Anweisung, welche Nummer an diesem Tag an der Reihe war. Sie führte ihn trotzdem hinters Licht, verfeuerte nach der Nummer 35 noch die Nummer 36, griff nach hinten in den Stapel, wischte die 112 weg und schrieb die 36 darauf.

Kaum bekommt die Alte eine schöne Rente, stirbt mir das Biest weg.

Frau Quaiser war ihre Rente wirklich nur ein paar Monate vergönnt, aber der alte Quaiser konnte sich mit ihrem Tod nicht abfinden, am wenigsten mit dem Verlust der paar Mark, die sie bekommen hatte, deshalb griff er sich eines Nachts eine Schaufel, schlurfte die 150 Meter zum Friedhof und begann bei Mondschein, seine Frau wieder auszubuddeln. Zu seinem Glück blieb das nicht unbeobachtet, er wurde mit sanfter Gewalt gehindert, weiterzugraben, abgeholt, gründlich untersucht, unter Betreuung gestellt und in ein Heim eingewiesen. Das Häuschen kaufte sich dann der Herkules im Ostfriesennerz.

Familie Kuhnt gegenüber übertraf den alten Quaiser sogar noch im Geiz, bewohnte im Haus praktisch nur das Schlafzimmer und hielt sich ansonsten in einer Art Futterküche im Stallgebäude auf. Er arbeitete drei Schichten in der Glasfabrik, dazu die kleine Landwirtschaft: Getreide, Kartoffeln, Gemüse, Schweine, Hühner, Gänse und Kaninchen, aber nicht für den Eigenbedarf, nein, alles wurde verkauft, für sich selbst behielten die beiden nur die Abfälle, bereiteten zum Beispiel aus den abgeschnittenen Gänsefüßen „Wickelpoten". Daneben wurde von beiden abwechselnd die Zeitung ausgetragen und die Beiträge für Volksfürsorge, Gewerkschaft und SPD kassiert. Trotzdem schimpfte Frau Kuhnt ihren Mann einen Faulpelz, weil er sich für die fünf schichtfreien Tage keine zusätzliche bezahlte Arbeit suchte.

Kinder hatten sie keine. Wie auch, wenn sie Tag und Nacht nur schufteten. Geld brauchten sie auch fast keines, alles legten sie auf die hohe Kante, für später, wenn sie einmal alt seien, sagten sie, damit sie dann nicht darben müßten. Aber wie es so kommt, als sie in Rente gingen, knauserten sie weiter, legten jetzt die Rente auf die hohe Kante ... und das Sparbuch wuchs und wuchs. Sie konnten nicht aufhören mit dieser Lebensweise, getrieben von ihren Hungererfahrungen aus der Kriegszeit sparten sie weiter bis zum letzten Atemzug.

Das Vermögen teilte eine Erbengemeinschaft aus entfernten Verwandten unter sich auf, über das Haus konnte man sich nicht einig werden, so zerfiel es, obwohl bis auf das Schlafzimmer unbewohnt, zu einem Denkmal übertriebenen Fleißes und übertriebener Sparsamkeit.

Und immer, wenn ich auf dem Weg zu meinen Eltern über den holprigen Weg zwischen den beiden Häusern entlang fuhr, ergriffen mich die seltsamen Vibrationen dieses Weltzentrum des Geizes.

Skilly

Sieben Halbe brauchte er, bis er den Mut fand, die Frau des Geschäftsführers zum Tanz aufzufordern, sie willigte lächelnd ein, die Tanzkapelle spielte einen Marschfox, er aber preßte sie an sich, als sei es ein Klammer-Blues, sie widersprach freundlich lächelnd, er entließ sie trotzdem nicht aus dem Schraubstock seiner Arme, immer noch lächelnd, stieß sie ihn zurück, er war einen Moment irritiert, taumelte kurz, tänzelte, ja, tänzelte dann zur Kapelle und äußerte einen Musikwunsch: Skilly auf dem Betriebsfest des Kraftfutterwerks im Grünen Jäger in Verden.

Als die Musiker kopfschüttelnd ablehnten, ging er vor ihnen auf die Knie als wolle er um Gnade winseln, besann sich dann aber, blieb auf den Knien, und dirigierte, den Oberkörper schwer hintenüber gebeugt, die Kapelle in propellernd ausladenden Gesten mit seinen Schaufelhänden, und sang dabei, losgelöst von dem Stück, das sie gerade spielten, das andere Lied, das er sich wohl gewünscht hatte, und übertönte sie dabei fast.

Die großen Hände und Füße hatte er von seiner Großmutter geerbt, die mit der Schuhgröße 54 gesegnet war und das Regiment auf dem Hof führte, auf den sein Vater nur eingeheiratet hatte, Oma von Busch, seine Mutter, sein Vater, sein älterer Bruder, zum Schluß Skilly, das war die Familienhierarchie. Wir waren im selben Schuljahr, deshalb beide bei Lehrer Marquardt, 1. bis 4. Klasse im hinteren Raum, die 5. bis 8. Klasse hatte bei Lehrer Goschke im vorderen Raum. Er hatte den kürzesten Schulweg, nur quer über den Schulhof und durch das Loch in der Hecke, manchmal gingen wir mit und stöberten ein wenig in diesem großen Haus herum, in dem es so wunderbar alt roch.

Als wir dabei in einer Schublade im Telefontisch auf der Diele eine Sechserpackung Astor fanden, fünfzig Pfennig damals im Gasthaus Zur Linde oder bei Brandts Louise im Laden, konnten wir Skilly überreden, sie einzustecken und mit uns zu teilen. Am Nachmittag saßen wir dann zu dritt, Ziska, Skilly und ich, in der Hecke, die Thieheuers Bullenweide von Soßmanns vier Milchkühen trennte, und pafften, Rauchen konnte man das wirklich nicht nennen, so schnell und hastig es eben ging, die Schachtel mußte leer sein, bevor Soßmanns Werner zum Melken kam und uns erwischte. Ich war damals acht, es waren die ersten Zigaretten meines Lebens, erwischt hat uns niemand und ob der Diebstahl ans Tageslicht gekommen ist: wir haben nicht danach gefragt.

Wenn im Winter genug Schnee lag und weder Skillys Vater oben noch Steinhauer unten dazu gekommen waren, den breiten Weg, zwei Fuhrwerke kamen bequem aneinander vorbei, zu räumen, konnten wir wunderbar die fünfzig Meter bis hinunter zur Betonstraße rodeln. Allein bäuchlings oder sitzend, das war ganz und gar ungefährlich, zu zweit und zu dritt sitzend, wir wurden immer verwegener, als sich dann mein Bruder auf unseren Schlitten legte und sich Skilly, Heiner sowie die beiden ältesten Lausecker-Brüder und auf ihn setzten, war es dann doch zuviel, mein Bruder konnte nicht mehr lenken, kam weit nach links ab, nach rechts sind wir beide auch im späteren Leben nie abgedriftet, krachte in ein Fuhrwerk, mit der Stirn geradewegs gegen die Wagennabe, der Schlitten blieb heil, mein Bruder hatte ein Loch im Kopf, „ein Wunder, daß er noch lebt", das vom Arzt im Nachbardorf genäht werden mußte: „Onkel Doktor, dein Schnaps riecht aber besser als der von Papa."

War das Wasser im Löschteich, schräg gegenüber auf der anderen Seite der Betonstraße, im Sommer nutzten wir ihn als Schwimmbecken, an der tiefsten Stelle ging mir das Wasser gerade bis zur Brust, war das Wasser im Winter gefroren, spielten wir dort Eishockey, die Schläger meist Äste, im besten Fall aus Latten von Tischler Büschking zusammengenagelt, egal, wieviel Holz wir brauchten, wir Kinder mußten immer zehn Pfennig dafür bezahlen. Ich spielte mit einem Ast, den Groschen gab ich lieber für eine Wundertüte mit einem Sigurd-Heft aus. Skilly und der älteste der Lauseckers spielten auch mit ziemlich dicken Ästen, Skilly traf den Lausecker aus Ungeschick am Arm, der wurde wütend, schlug zurück, ein Schlag gab den anderen, sie forderten sich gegenseitig auf, vom Eis zu gehen, drohten mit mühsam zurückgehaltenen Tränen in den Augen mit ihren Vätern, stapften dann plötzlich auf ihren Kufen los, die zu holen.

Jetzt standen sich die beiden Väter mit erhobenen Fäusten gegenüber, Bauer, Einheimischer der eine, Wirt der „Weserfähre", Hundezüchter, Vater von sechs Kindern, Flüchtling der andere. „Von so einem Fettwanst von Bauer lasse ich mir gar nichts bieten", dabei war Skillys Vater eher mager, „Kartoffelkäfer", „von wegen, alles habt ihr uns abgenommen für ein paar Kartoffeln", „den Lastenausgleich kriegt ihr in den Arsch geblasen", „du hast dich doch selbst schön ins gemachte Nest gesetzt", „Ficken und Kinder in die Welt setzen, mehr kannst du nicht", „ihr seid doch alle zu vollgefressen dafür", „dumm wie Bohnenstroh", so ging das wohl eine Dreiviertelstunde, es war schon dunkel geworden, die beiden Jungen waren längst wieder auf dem Eis und hatten sich vertragen, wir spielten weiter und ließen uns von dem Gezetere nicht stören. So lange sich die beiden stritten, mußten wir nicht nach Hause.

Zwischen uns Kindern verliefen die Fronten nicht so wie zwischen den Eltern. Die Bundesstraße, die das Dorf in Ober- und Unterdorf teilte, bestimmte unser Zugehörigkeitsgefühl. Skilly, die Lauseckers, die Steinhauers, Wolfgang, Heiner, mein Bruder und ich, wir gehörten zum Unterdorf, unser Reich war Thieheuers Park mit der halb zerfallenen Grotte, zu dem die aus dem Oberdorf keinen Zutritt haben sollten, vor allem durften sie nicht mitbekommen, daß wir dort heimlich nach Kohle und Öl gruben und damit reich zu werden gedachten. Schon nach drei Spatenstichen malten wir uns aus, was wir uns für den Reichtum kaufen würden, die anderen Matchbox-Autos und später Mopeds, ich Kartenspiele und Bücher, das Wurzelwerk der alten Bäume hinderte uns aber am Erfolg. Der Bande aus dem Oberdorf gefiel das gar nicht. Mehr als einmal überfielen sie uns, und an der Mauer, die den Park zur Betonstraße hin begrenzte, kam es zu regelrechten Schlachten mit dicken Knüppeln als Waffen. Die blauen Flecken, die wir dabei davontrugen, war uns die Sache „unseres" Parks wert.

Als ich dann aufs Gymnasium kam, täglich mit der Bahn hin und zurück, neue Freunde lernte ich auch kennen, gingen unsere Wege auseinander. Eine höhere Bildung war nur für seinen älteren Bruder vorgesehen, Skilly sollte den Hof übernehmen und dafür reichten nach Ansicht seiner Eltern acht Jahre Volksschule. Manchmal spielten wir noch nachmittags Fußball auf dem Zwergschulhof, der zugleich Bolzplatz war, aber ich ging nicht so gern hin, weil ich fast immer als letzter gewählt wurde und Torwart oder ruhender Verteidiger spielen mußte, später gingen wir noch gemeinsam in den Konfirmandenunterricht und alle zwei Wochen, wenn Kindergottesdienst war, zwangsweise in die Kirche. Einige Zeit luden wir uns noch gegenseitig zu unseren Geburtstagen ein. Da tischten unsere Mütter Buttercremetorten, Frankfurter Kränze und Schokoladenkuchen auf, da waren sie gleich, wir tranken Kakao, erzählten uns die ewigen Witze über den Engländer Haven Stieven, den Norweger Laten Rinström und den Chinesen Link Ei Futsch, prusteten zum Zorn unserer Mütter dabei vor Lachen die Getränke auf die frisch gewaschenen und gestärkten weißen Tischtücher. Nach der Konfirmation hatte auch das ein Ende.

Erst im Kraftfutterwerk kreuzten sich unsere Wege wieder. Nach dem Studium hatte ich erst einmal genug vom intellektuellen Gehabe, von den Studenten, den revolutionären insbesondere, von denen es in Göttingen nur so wimmelte, und kehrte zurück an die Mittelweser, meinen Lebensunterhalt dort als Lagerarbeiter zu verdienen, Kraftfutter absacken, Säcke schleppen, Lastwagen beladen. Skilly arbeitete in der Produktion, Kraftfutter mischen und in die Silolastwagen abfüllen.

Den Hof hatte er übernommen, Vieh hatte er keines mehr, bewirtschaftete nur noch wenig Ackerfläche, entweder nach der Früh- oder vor der Spätschicht und an den Wochenenden. Die Kollegen sagten ihm Faulheit nach, er liege oft Tage oder Wochen mit den notwendigen Arbeiten zurück, bekomme die Saat nicht rechtzeitig in den Boden oder lasse das Korn auf dem Halm verderben.

So langsam Skilly mit dem Trecker war, so schnell war er mit dem Bierglas. „Wo man trinkt die Halben in zwei Zügen aus", heißt es im Weserbogenlied, Skilly brauchte nur einen Zug, hatte die seltene Gabe, es einfach durch die Kehle laufen zu lassen. Als wir im Sandkrug an der Theke saßen und anstießen, Doppelkorn gegen Herforder, hatte er sein großes Bier schneller gekippt als ich meinen Korn. Sein Rekord für den halben Liter soll handgestoppt unter drei Sekunden gelegen haben.

Nun, auf dem Betriebsfest im Grünen Jäger, hatte er mehr

als einen halben Liter sturzgetrunken, war schwer angeheitert, ruderte auf den Knien hockend mit den Armen und sang aus Leibeskräften gegen die Kapelle an. Cord, Kollege aus dem Mix, an einer Allergie gescheiterter Automechaniker, tollkühner Fußballtorwart, Dostojewski-Kenner und Schachspieler, und ich sahen uns kurz an, dann durchzuckte uns die Erkenntnis fast gleichzeitig: „Ein Philosoph! Heinz ist ein Philosoph!" – „Jawohl, ein Philosoph, und wir haben es all die Jahre nicht bemerkt!" Wir standen auf und klatschten uns ab. „Da suchen wir bei Dostojewski und bei Kafka", den las Cord auch, „und der, der alles wirklich blickt, tief blickt, ist die ganze Zeit mitten unter uns." – „Darauf müssen wir noch einen trinken. Unbedingt." Ich orderte eine Lage, Uwe und unsere Begleitungen schüttelten verständnislos ihre Köpfe. „Heinz, komm her und trink noch einen mit!" Aber Skilly konnte uns nur noch blöde anschauen und kam nicht mehr hoch. Zu zweit schleppten wir ihn auf seinen Stuhl.

Mehr als ein Jahrzehnt nach meiner Zeit bei den Kraftfutterwerken, die inzwischen in Konkurs gegangen waren und alle entlassen hatten, sah ich ihn dann wieder, im Supermarkt kam er freudestrahlend auf mich zu, er sei jetzt auch verheiratet, mit einer sehr viel jüngeren Frau, und sie erwarteten ein Kind. Den Hof hatte er vollständig aufgegeben, alles Land verpachtet. Es war unsere letzte Begegnung.

Wiederum ein paar Jahre später stand es in der Zeitung und er war Tagesgespräch. Der Zoll hatte nachts sein Gehöft durchsucht und mehrere Millionen unversteuerte Zigaretten gefunden. Er hatte seine Scheune an die falschen Leute vermietet.

Ein Duell

"Kommen Sie und überzeugen Sie sich selbst." San-Bereich der Jägerkaserne Bückeburg: Wir waren im Dienstzimmer des Hauptfeldwebels angetreten, stramm ausgerichtet in einer Reihe, Hände an der Hosennaht, der Kommandeur nahm den unangekündigte Haarappell persönlich ab, spazierte mit hinten verschränkten Händen in unserem Rücken und beäugte peinlich genau Hinterkopf für Hinterkopf.

Stuffz Büschow mußte es bezeugen: bei Hauptfeldwebel Möller hing ein einsames Haar drei oder vier Millimeter über den Hemdkragen. „Sie sollen doch Vorbild sein als Vorgesetzter, Hauptfeldwebel", donnernd und schneidend zugleich: „Melden Sie sich bis spätestens drei bei mir mit einem vorschriftsmäßigen Haarschnitt."

Ausgerechnet Hauptfeldwebel Möller, dieses Muster an Angepaßtheit, der sein inneres Gleichgewicht und seine fast debil anmutende Freundlichkeit, mit der er Vorgesetzten wie Untergebenen begegnete, regelmäßigen Libriumgaben verdankte. Als er mich einmal wegen einer Krankenwagenfahrt, am Freitagnachmittag zum Bierholen für die Unteroffiziere zur Schaumburger Brauerei nach Stadthagen, angeblich unter Einfluß bewußtseinserweiternder Drogen, zu sich zitieren und zur Rede stellen mußte, genügte: „Das können Sie doch nicht mit mir machen", um ihn einknicken und lächelnd bei mir entschuldigen zu lassen.

Ums Haar, genauer: um die Haarlänge ging es bei diesem Duell von Anfang an, der Hauptfeldwebel war aber nicht der eigentliche Gegner, das war der wehrpflichtige Stabsarzt, und der mußte nicht zu diesem Appell antreten, sondern saß nebenan im Sprechzimmer und feixte. Sofort mit seinem Dienstantritt in der Jägerkaserne hatte er sich mit dem Kommandeur angelegt, weigerte sich wie 1967 in Neuburg der Panzergrenadier Albrecht Schmeißer (später im Bundesvorstand der Grünen) unter Berufung auf seiner Grundrechte, sein Haar auf die befohlene Kürze zu stutzen. Auch das Tragen eines Haarnetzes beeinträchtige seine Menschenwürde, der Haarnetz-Erlaß schreibe es auch nur vor, wenn das lange Haar den Soldaten bei seinen Aufgaben behindere, das sei bei seiner Tätigkeit als Arzt nicht der Fall. Der Krieg wurde schriftlich geführt mit Widersprüchen und seitenlangen Anwaltsschreiben, anders als Hauptmann Fellhauer im Fall Schmeißer schreckte der Kommandeur am Ende vor einer Strafanzeige wegen Gehorsamsverweigerung zurück und verbot dem Stabsarzt nur das Tragen der Uniform, solange er sein Haar nicht auf die gebotene Kürze brachte oder ein Haarnetz trug.

Diesen Befehl befolgte der Stabsarzt und versah seinen Dienst von nun an in Zivil: weinrote Lederjacke, Jeans, hohe Stiefel, das dunkle leicht gewellte Haar über den Kragen fließend, so stieg er jeden Tag aus seinem weißen 300 SL Roadster, grüßte freundlich winkend mit einem leicht spöttischen Lächeln vom Parkplatz zum Kommandeursgebäude hinüber, tauschte drinnen die Lederjacke mit dem Arztkittel, zunächst nach oben in die Teeküche, dort hatte die Schwester, Zivilpersonal gab es auch, die ihn (oder seinen 300 SL?) anhimmelte, schon einen Kaffee aufgebrüht, der wurde in aller Gemütsruhe getrunken, dann erst wieder nach unten zu den Patienten, deren Ungeduld wir bis dahin zu zügeln hatten.

Die Unteroffiziere, die in der Jägerkaserne zu Feldwebeln ausgebildet wurden – und auf dem Flur, auf dem wir Sanitätssoldaten schliefen, sämtliche Revierdienste übernehmen mußten, das gefiel uns besonders – diese Unteroffiziere und die angehenden Hubschrauberpiloten, die sich hier die Theorie und die notwendigen Englischkenntnisse aneignen mußten und oft genug kurz davor standen, durchzufallen, hatten es immer eilig, bettelten manchmal, vorgezogen zu werden, den Mannschaftsdienstgraden dauerte das Warten meist nicht lange genug und sie hatten selten etwas dagegen, sich die Zeit bis zum Mittagessen im San-Bereich zu vertreiben.

Ernsthafte Erkrankungen gab es selten, meist Erkältungen oder Blasen, hin und wieder simulierte jemand, den unterzog der Stabsarzt einer bizarren Untersuchung. Er mußte sich auf das linke Bein stellen, den rechten Fuß hinter die linke Kniekehle, mit der rechten Hand über den Kopf ans linke Ohr, gleichzeitig mit der linken Hand an die linke Wade fassen und sagen, an welcher Stelle es jetzt besonders schmerze. Wer sich dieser Übung demütig unterwarf und eine medizinisch unmögliche Antwort gab, dem verordnete der Stabsarzt Bettruhe bis zum Wochenende und freute sich diebisch, der Bundeswehr wieder einmal eins ausgewischt zu haben. War ihm aber jemand unsympathisch oder ein höherer Dienstgrad, dann ließ er den sofort mit einer erfundenen Diagnose auf die Station (zehn Betten, davon höchstens zwei belegt) einweisen, mindestens eine Woche und über ein Wochenende, damit er nicht nach Hause konnte und sich bei uns langweilen mußte.

Montags war das Wartezimmer immer rammelvoll, am Freitag gähnend leer. An einem Montag reichten die Stühle nicht. Allein 20 Soldaten wollten zum Zahnarzt, auch ein Wehrpflichtiger, ein Fall wie unser Stabsarzt, nur überzeugter Kurzhaarträger, ungewöhnlich, normalerweise hatte er nur vier oder fünf Behandlungen am Tag. Zwanzig, das paßte ihm überhaupt nicht, nicht für die lumpigen 14 Mark Wehrsold am Tag, er ging hinüber zum Stabsarzt, kurze Lagebesprechung. Ich mußte eine Flasche Ketchup aus der Teeküche besorgen, der Sanitätsgefreite Morche wurde wegen seines geringen Gewichts auserkoren, als erster Zahnpatient aufgerufen zu werden. Der Bohrer wurde hörbar angeworfen, Morche schrie wie am Spieß, der Zahnarzt stürzte hinaus auf den Flur: „Sanitäter, Trage, Trage, aber schnell! Schnell!!" Jesse und ich kamen gelaufen, aber erst, als der Zahnarzt uns noch einmal überlaut zur Eile ermahnte. Morche legte sich auf die Trage, ich goß ihm reichlich Ketchup über Mund und Wange, dann rannten wir los, an den erschreckten Wartenden vorbei, Morche spuckte ein wenig von der roten Flüssigkeit aus und blubberte: „Mörder, die wollen mich hier umbringen." Ein wenig übertrieben, fand ich, aber es wirkte: Als wir zurückkamen, saßen nur noch drei Zahnpatienten im Wartezimmer, die anderen hatten sich eilends Überweisungen an Zahnärzte in der Stadt ausstellen lassen. Unser Zahnarzt hatte seine Ruhe, die Bundeswehr zusätzliche Kosten.

Gemeinsam waren der Stabsarzt und der Zahnarzt unausstehlich. Besonders gern gingen sie im Offizierskasino auf die Nerven, benahmen sich daneben, pöbelten herum, wollten mit jedermann Bruderschaft trinken. Sie herauszuwerfen traute man sich nicht, besonders, nachdem sie eine schriftliche Belobigung vom Kommandeur erhalten hatten, für ihre Geistesgegenwart: sie hatten Zeitungspapier locker zusammengeknüllt, ins Klavier gesteckt, in einem unbeobachteten Moment angezündet, „Feuer!" gerufen, den Feuerlöscher von der Wand gerissen, ihn komplett ins Klavier entleert, sich als Helden und Retter feiern und einige Runden ausgeben lassen.

Am zweiten Weihnachtstag wollte sich einer der Offiziere bei uns und vor allem beim Stabsarzt besonders unbeliebt machen. Am frühen Nachmittag saßen wir gemütlich herum, nichts zu tun, alle Betten leer, im Fernseher lief gerade die Wiederholung einer alten Beat-Club-Sendung, die Bonzo Dog Doo-Dah Band, „Trouser Press" in Schlafanzügen, dieser Offizier, ein Oberleutnant, scheuchte uns auf, wollte unbedingt den Arzt sprechen, nein, was er habe, könne er unmöglich uns sagen, nur dem Arzt, Zeit bis morgen habe sein gesundheitliches Problem auch nicht. Der Stabsarzt hatte zwar Dienst wie wir, aber nur Bereitschaft, wir mußte ihn anrufen. Er war ziemlich ungehalten, in unserem Beisein am Telefon wollte der Oberleutnant auch nicht mit seinem Problem herausrücken, er habe das Recht, vom Arzt behandelt zu werden. Der Stabsarzt weigerte sich, selbst zu fahren; ich mußte ihn mit dem Ford Transit aus Stadthagen abholen.

"Den lassen wir eine Weile schmoren." Er bot mir einen Tee

mit Rum an, führte mir ausführlich seine Anlage mit einem nagelneuen ReVox A 77 MK III als Herzstück vor, erzählte von seiner Studienzeit in München, von dem Kino, in dem an jedem Nachmittag ein Eddie-Constantine-Film lief, in das sie sich mit einem Kasten Bier setzten und zu Eddies Faustschlägen die Flaschen klacken ließen, wir brachen erst nach 50 Minuten auf. Ehe der Weihnachtspatient sich über die Verspätung beschweren konnte, franzte der Stabsarzt ihn an, weil er uns bei diesen Straßenverhältnissen zu dieser Fahrt gezwungen habe.

Nach einer Viertelstunde eilte der Oberleutnant wieder aus dem Sprechzimmer, unhöflich ohne Gruß an uns vorbei. Der Stabsarzt wollte sich ausschütten vor Lachen und erzählte uns brühwarm, was der Herr unbedingt vor uns verschweigen wollte: seine Frau habe ihn zu uns geschickt, nach der Weihnachtsvöllerei habe er es im Bett nicht mehr gebracht. „Überfressen, sonst nicht." Er habe ihm Vitamin E gegeben: „Das wirkt auf jeden Fall. Der Mann ist sonst normal potent, damit ist er so spitz, daß er drei Tage nicht mehr von der Frau runterkommt." Wir wollten es gerne glauben.

Im Frühjahr, kurz vor seiner Entlassung, holte unser Stabsarzt dann zum entscheidenden Schlag gegen den Kommandeur aus. Hygieneinspektion, das gehörte zwar zu den Aufgaben der Ärzte, war aber bis dahin mehr als vernachlässigt worden: Gemeinschaftsräume, Offizierskasino, Kantine, Küche, immer in Begleitung des Kommandeurs, zum Schluß der Knast, das eigentliche Ziel. „Unhaltbare Zustände, das kann ich nicht verantworten, daß hier noch jemand auch nur eine Minute einsitzt." Die beiden Gefangenen seien woanders unterzubringen, der Knast auf der Stelle zu schließen, gründlich zu reinigen und zu desinfizieren, und könne erst nach nochmaliger Überprüfung wieder belegt werden. Dagegen war der Kommandeur bei aller militärischer Befehlsgewalt machtlos, was gesundheitsgefährdend war und was nicht, bestimmte in diesem Fall unser

Stabsarzt. Da half auch die Intervention beim Oberstabsarzt nicht.

Ein neuer Haarerlaß hatte das Haarnetz inzwischen wieder abgeschafft, die Haarlänge war jetzt genau festgelegt, das Kopfhaar durfte weder Uniform noch Hemdkragen berühren. Mit dem Haarappell im Dienstzimmer des Hauptfeldwebels wollte der Kommandeur diese Bestimmungen durchsetzen und einen Konter gegen die Knastschließung setzen. Der Stabsarzt war aber nicht betroffen, weil er gerade wegen seiner Haarlänge keine Uniform tragen durfte, und so wurde diese Aktion von uns als wütendes und hilfloses Eingeständnis der Niederlage aufgefaßt – als sei's aus einem Film mit Louis de Funès.

Der Stabsarzt riet dem Hauptfeldwebel, nicht zum Kasernenfriseur, „diesem Pfuscher", zu gehen, holte eine Schere aus dem Behandlungszimmer und schnitt das vorwitzige Haar eigenhändig ab.

Alfred

Anfang November nachts um halb zwei mit Badekappe, Taucherbrille und einskommazwei Promille in verkehrter Richtung in die Einbahnstraße. Ich saß daneben und hatte noch gewarnt: „Alfred, das ist eine Einbahnstraße!" „Bleib cool, ich fahre hier immer durch. Das ist eine Abkürzung." Am Ende standen sie schon, lässig an ihren Wagen gelehnt und winkten uns an die Seite. Alfred mußte mit auf die Wache zur Blutprobe und ich stand wieder einmal mutterseelenallein auf der Straße, hatte niemanden, der mich zurück in mein Kellerzimmer nach Schulenburg brachte, und auch kein Geld für ein Taxi. Da blieb mir nichts anderes als der Fußweg zurück zu den Leuten, bei denen wir Alfreds Geburtstag gefeiert hatten, um dort auf dem harten Fußboden zu schlafen.

Die Unannehmlichkeiten der Nacht waren schnell vergessen, aber Alfred wurde seinen Führerschein für neun Monate los. Zu allem Unglück war auch ich damals für eine noch längere Zeit ohne. Freitag, Samstag und Sonntag fuhren wir normalerweise ins Kanbach nach Münchehagen. Das mußten wir jetzt einschränken. Was viel schlimmer war, wir konnten einen vielversprechenden Anbandelungsversuch nicht fortführen.

Klaus, Alfred und ich suchten damals gemeinsam eine Wohnung in Hannover. Gefunden haben wir keine. Die einzige, die wir hätten kriegen können, war mit der Toilette in der Küche und die wollten wir nicht.

Die trennen Sie mit einem Vorhang ab, da sind Sie praktisch allein und unsichtbar beim Scheißen, meine Herren, Möbel holen Sie sich aus dem Keller, was Ihnen gefällt, und Damenbesuch, Damenbesuch, so viel und so oft Sie wollen.

Um überhaupt eine Chance zu haben, mußte man der erste Anrufer auf eine Wohnungsanzeige sein. Deshalb versammelte sich jeden Freitag gegen 23 Uhr immer ein größerer Haufen Wohnungssuchender vor dem Anzeigerhochhaus in der Goseriede und wartete, bis der ältere Herr mit Moped und einem Anhänger voll mit den ersten Exemplaren der Samstagausgabe durch den Torbogen geknattert kam, stellte sich ihm in den Weg und kaufte ihm ein paar Zeitungen ab. Er durfte zwar keine an uns verkaufen, es blieb ihm aber nichts anderes übrig, wenn er seine Tour fortsetzen wollte.

Klaus besetzte immer rechtzeitig eine Telefonzelle an der Ecke Otto-Brenner-Straße, Alfred, unser Schnellster, riß den Teil mit den Wohnungsanzeigen an sich und rannte los, ich trottete mit dem Rest der Zeitung hinterher. Die Vermieter fühlten sich durch diese nächtlichen Anrufe meist nur belästigt, vor allem, wenn sie hörten, daß drei junge Männer eine WG aufmachen wollten. Für uns ein Grund, über diese unfreundlichen Menschen zu lästern und bei mir noch einen Absacker zu nehmen.

Bei dieser Gelegenheit stießen wir auf eine Bekanntschaftsanzeige, die uns elektrisierte. Zwei junge Frauen suchten zwei

„verrückte Typen", mit ihnen an den Wochenenden etwas zu unternehmen und sie an die Orte zu kutschieren, an denen etwas los war. Zu zweit waren wir – Klaus war vergeben und aus dem Rennen – und verrückt genug fühlten wir uns auch, ohne Frage. Aber wie ihnen das klar machen und die Konkurrenz ausstechen? Wir entschlossen uns, keinen Brief zu schreiben, sondern einen Comic zu zeichnen. Alfred als angehender Grafiker zeichnete, ich zog mir meine Schriftstellerjacke (Feincord, beige-braun) an und lieferte den Text. Unser Comic gefiel, Briefe hin und her, ein erstes Treffen war schon abgemacht. Doch Badekappe, Taucherbrille und Einbahnstraße stellten sich dazwischen. Ohne Fahrzeug und Führerschein kein Treffen. Klaus bot noch an, für einen von uns einzuspringen und zu fahren, aber da weder Alfred noch ich freiwillig verzichten wollten und seine Dora ihm die Augen auszukratzen drohte, wurde das Abenteuer abgebrochen.

Alfred studierte mit meinem Bruder zusammen Kommunikationsdesign und gehörte wie wir und Klaus zu den Stammgästen im Kanbach in Münchehagen. Am Wochenende waren wir dort zu finden und tranken Urbock (Alfred, mein Bruder, ich) oder auf der Tanzfläche Portwein aus Flaschen (Klaus, Dora, die Frau mit dem Glasauge, ich). In der Woche war ich meist aus proletarischen Gründen verhindert, tagsüber Arbeit bei Telefunken im Lager oder beim Gärtner in Altwarmbüchen, abends politische Termine. An diesen Tagen zog Alfred mit meinem Bruder durch ihre Szene: Turm, Gemütliche Ecke, Leinedomicil, Mülltonne, Maulwurf.

Im Maulwurf war ich auch einmal mit Alfred. Das war in der Zeit, als ich die Weltrevolution in die Ecke gefeuert hatte und wieder Ton, Steine, Scherben hören durfte. Und es ist übel ausgegangen. Wir trafen dort einen alten Kumpel von Alfred, der zu Hause noch „schönen Stoff" habe, den könnten wir zusammen rauchen, er wohne auch „gleich um die Ecke". Ich hatte schon drei Jahre nichts mehr geraucht, zögerte, zauderte.

„Los, laß uns mitgehen", Alfred stimmte mich um, rauchte aber am Ende selber nichts mit, was mich wohl gerettet hat. Denn als ich gerade so schön drauf und zufrieden mit der Welt war, richtete dieser Mensch plötzlich seine Schreibtischlampe voll in mein Gesicht. Redete mich mit „Sie" an. Ich solle gestehen. Ich wußte nicht, was, und er wiederholte immer nur stur, ich solle gestehen, er zunehmend drohender im Tonfall, ich immer unsicherer. Er griff in seine Schreibtischschublade, holte einen Revolver hervor, zielte auf meinen Kopf und wiederholte seine Forderung. Wäre ich nicht bekifft gewesen, hätte ich mir gewiß vor Angst in die Hosen geschissen, aber so schaute ich nur verdutzt aus der Wäsche und begriff gar nichts mehr. Im Gegensatz zu Alfred, der beruhigend auf seinen Kumpel einredete und den Moment, in dem der die Waffe ein wenig senkte, ausnutzte, mich am Arm faßte und hinter sich her aus der Wohnung zerrte. So hat Alfred mich erst in diese Gefahr gebracht und dann daraus errettet. Bis heute weiß ich nicht, ob die Waffe echt und geladen war, und bis heute habe ich nie wieder Gras oder Shit angefaßt.

Geblieben ist nicht viel von dieser Zeit. Den Comic gab es nur in einem Exemplar und das ist wahrscheinlich von den beiden Damen entsorgt worden. Ein paar Fotos, die Alfred geschossen hat. Das „Schauspielerfoto", das meine Frau aus Enttäuschung zerrissen hat, einige Bilder, in denen ich malerisch auf einem Schrottplatz herumkrieche, die Fotoserie für Alfreds Abschlußarbeit bei Riebesehl, für die ich so ballettmäßig elegant wie möglich einen Meter über einem huckligen Acker schweben sollte – und er im richtigen Moment auf den Auslöser drücken – ein nerviger Nachmittag. Das kleine Filmprojekt, in dem Alfred als Weihnachtsmann verkleidet und mit einer Axt bewaffnet in einer Fichtenschonung wie besinnungslos Bäume abhacken sollte, wurde dann doch nicht verwirklicht, weil den Hauptdarsteller in letzter Minute der Mut verließ.

Was machen wir, wenn der Förster kommt?

Als er mit der Fachhochschule fertig war, hat Alfred auch der Mut verlassen und er wollte partout nicht ins hektische Agenturleben einsteigen. Er hat Psychologie studiert und, weil es so schön war, noch eine Ausbildung in Psychoanalyse und Psychotherapie angehängt. Heute können Sie sich bei ihm auf die Couch legen und mit seiner Hilfe in Ihr Innerstes vordringen.

Zitronenmilch

An einem schönen Spätnachmittag im Mai saß sie drei Tische von uns entfernt im Café Güse am Aegi. Dunkelhaarig, schlank, von einem Schleier lächelnder Zurückhaltung umgeben, sehr aufrecht und sehr allein, wie es schien.

Wir arbeiteten beziehungsweise faulenzten alle bei Telefunken im Lager in der Halle 52 in Empelde und gingen nicht auseinander, wenn wir nach Feierabend vor dem Kubus aus dem Bus stiegen. Meist trieb es uns noch in die Markthalle, wir setzten uns vor die Bar auf der Empore und belästigten die Leute, die unter uns zwischen den Ständen herumwieselten, mit unangemessenen Zurufen. Manchmal mochten wir es auch etwas gediegener und wir setzten uns nach oben in die Güse.

An diesem Tag damals im Mai waren wir zu viert. Der kleine Mano, Spanier, als einziger verheiratet, Prediger mediterraner Eßkultur, bemerkte sie als Erster: „So schön und so allein, die braucht jemanden." Wir schauten alle hin und stimmten im Chor zu. Der schwule Scirocco‑Liebhaber ohne Fahrzeug am Nebentisch schaute von seinem Autoprospekt auf und mischte sich ein: „Im Vertrauen: ich kenne die, bei der hat niemand eine Chance; da beißen Sie sich die Zähne aus."

Das stachelte uns erst recht an. Wir legten jeder einen Zehnmarkschein auf den Tisch. Wer sich traute und keine Abfuhr bekam, sollte alles behalten. Alle hielten sich vornehm zurück. Ich gab mir einen Ruck und rief den Kellner: „Was hatte die

Schöne gerade?"

„Zitronenmilch."

„Dann bringen Sie ihr noch eine auf meine Rechnung."

„Zwecklos", wandte er ein, „aber wenn Sie darauf bestehen."

Die Kollegen feixten. Er brachte ihr die Zitronenmilch. Sie nahm an und ließ mich an ihren Tisch bitten. Die Kollegen feixten noch ärger. Ich setzte mich zu ihr. Je länger ich dort saß, desto stiller wurden die Kollegen, bis sie nur noch ungläubig schauten und schließlich aufbrachen, ohne den Wetteinsatz auszuzahlen. Aber das Geld war mir inzwischen gleichgültig.

Wir redeten über eine Stunde. Heike. Sie wohnte bei ihrer Oma. Viel mehr erfuhr ich über sie auch später nicht. Wir wollten uns wieder treffen und ich mußte ihr die Telefonnummer der Halle 52 geben.

Eine Woche später rief sie tatsächlich an. „Zapp, beeil dich! Die Zitronenmilch ist am Apparat", dröhnte der Vorarbeiter durch die Halle. Wir trafen uns dann zu einem Nachmittagsspaziergang um den Maschsee, dem weitere folgten, Herrenhäuser Gärten, ziellose Bummel durch die Innenstadt, Sprengel-Museum, auch ins Kino ("Herzflimmern" im Anzeiger-Hochhaus, Peter von Oertzen und Frau saßen direkt hinter uns) oder ins Theater am Aegi zu Marty Feldman, der die Zutatenliste auf einer Ketchupflasche wunderbar als Chanson sang und in der Pause im Foyer freundlich mit uns und anderen plauderte.

Ich hatte in meinem Kellerzimmer draußen in Schulenburg kein Telefon, bei ihrer Oma durfte ich sie nicht anrufen und bekam deshalb die Nummer auch nicht, ebensowenig durfte ich ihre Adresse erfahren oder wissen, wo sie arbeitet. Manchmal durfte ich sie bis nach Herrenhausen begleiten, wir verabschiedeten uns dann in sicherer Entfernung von ihrem Zuhause und sie achtete darauf, daß ich ihr nicht folgte. Unsere einzige Verbindung außerhalb unserer Treffen blieb das Telefon in der Halle 52.

Einmal ließ sie sich von mir zu einer abenteuerlichen Fahrt (mit dem Zug bis Wunstorf, von dort mit dem Bus nach Münchehagen, zurück mit Rüdiger bis Neustadt, weiter mit der Bahn) in meine Welt ins Kanbach überreden. Sie hatte sich mit einem Kleid extra fein gemacht und fühlte sich fremd und unwohl unter all den hippiesken Gestalten, obwohl sie von denen freundlich aufgenommen wurde.

Wenig später folgte der Gegenbesuch. Wir trafen uns (wieder nach einer Zugfahrt) mit zwei Pärchen aus ihrem Bekanntenkreis, denen ich als ihr Freund, ja, fast Zukünftiger vorgestellt wurde, in einer Diskothek in Burgdorf. In dieser Umgebung und bei dieser Musik wiederum fühlte ich mich nicht wirklich wohl. Und in einigen Momenten an diesem Abend beschlich mich das Gefühl, daß ich den Vieren gegenüber als lebender Beweis für ein ausgefülltes Beziehungs- und Geschlechtsleben Heikes herhalten sollte. Dabei hatten wir zwar viel gemeinsam unternommen, waren aber über harmlose Küsse nicht hinausgekommen, und dabei sollte es auch bleiben.

Oh yeah
Step by step
I've got to get close to you
Step by step
I've got to get to know you – oh yeah
You came into my life,
My gods have the rain falling from above
And I knew when I first saw you
You were the one for me to love

Eines Tages, als wir wieder durch die Innenstadt bummelten, Arm in Arm, das schon, blieb sie vor einem Schallplattengeschäft stehen und zeigte auf diese Single von Joe Simon: Das sei ihr Lieblingslied. Ich konnte mit dieser Musik damals nichts anfangen und deshalb rauschte die Botschaft, die sie mir damit vermitteln wollte, komplett an mir vorbei und ist mir erst viel später aufgegangen.

Im Herbst kam dann das überraschende Ende. Wir hatten uns für einen Freitagabend verabredet und ich wartete über eine Stunde am Aegi vergeblich auf sie. Am Dienstag rief sie dann aufgebracht in der Halle 52 an. Ich habe sie am Freitag am Anzeiger-Hochhaus „dumm in der Gegend herumstehen" lassen, das ließe sie sich nicht bieten, legte mitten in meinem Erklärungsversuch auf und ließ nie wieder von sich hören.

Onkel Willi

Meine sehr verehrten Damen und Herrn. Es ist 22 Uhr. Sollten sich hier kleine Mädchen beziehungsweise lüttsche Jungs unter 16 aufhalten, bitte ich sofort das Lokal zu verlassen. Ich erinnere Jugendschutzgesetz.

Bei dieser ersten Durchsage des Abends bekam er die Worte noch einwandfrei aneinandergereiht. Später stieg mit dem Alkoholpegel auch der Unterhaltungswert. Onkel Willi, Wirt eines Dorfgasthauses am Steinhuder Meer, das sich Anfang der 70er zu einem der beliebtesten Szenetreffpunkte der Region entwickelt hatte. In Hannover, Bremen und Bielefeld wartete die Drogen konsumierende und Krautrock hörende Jugend vor den einschlägigen Diskotheken und bettelte um Mitfahrgelegenheit nach Münchehagen.

In den 30ern hatte sich Onkel Willi wenig um Volk, Führer und Vaterland geschert, sondern ist lieber mit seiner Harley Davidson über die masurischen Alleen gebraust. Nach dem Krieg verschlug es ihn ans Steinhuder Meer, wo er dann Weihnachten 1963 im Münchehagener Hof mit seiner Tante Martha die Musikkneipe Kanbach eröffnet. Anfangs spielten dort jeden Samstagabend Beatgruppen auf, was den üblen Ruf des Lokals begründete.

Die Dorfjugend ging im schönsten Sonntagsanzug zu solchen Veranstaltungen und schlug sich als Höhepunkt auf dem damals noch unbefestigten Parkplatz die Nasen blutig, gab die verdreckte Kleidung am Montag in die Reinigung, um am nächsten Wochenende das Spiel von vorne zu beginnen. Wenn die Musik nicht gefiel, wurde zur Abwechslung die Band aus dem Saal geprügelt, wenn die Musik gefiel, durften die Jungs mit der Gunst von Onkel Willis jüngster Tochter rechnen. Ein Klassenkamerad, der später in einer schlagenden Verbindung landete, berichtete, er sei glücklich durch den Vorraum gelangt, aber bei Betreten des Saals jemandem in die Quere gekommen und nach zwei Sekunden durch beide Türen in hohem Bogen auf die Straße geflogen. Das genügte, um mich lange von diesem üblen Ort fernzuhalten.

Meine Damen, Herren. Geschäft ist Geschäft. Und ich spreche jetzt gegen mein Geschäft. Wir haben Fanta, Cola, Brause. Alkohol am Steuer. Führerschein. Ein Führerschein ist schnell erworben, aber noch schneller verloren.

Die zweite Ansage des Abends, immer kurz vor Mitternacht, war schon weniger verständlich. Man war größtenteils anders berauscht und belachte die Warnung. Onkel Willi hatte es zwischenzeitlich aufgegeben, Bands spielen zu lassen, und stattdessen zwei Discjockeys verpflichtet, die in der hannoverschen Krautrockszene (Eloy, Jane, Dull Knife) verankert waren, und hatte dem Laden ein einzigartiges Konzept verpaßt: kein Eintritt, kein Verzehrzwang, der Ansturm allein bewältigt von Onkel Willi (huldvoll schwankend dirigierend), Tante Martha (Frikadellen und Pommes), zwei Töchtern nebst Schwiegersöhnen und dem kleinen schwulen Kellner, der den ganzen Abend nicht zur Ruhe kam.

Unten tranken die meisten Besucher nur Cola, trotzdem floß das Bier in Strömen: war ein Faß angestochen, wurden die Gläser darunter weggeschoben, bis es leer war. Der Bierumsatz von einem einzigen Samstag hätte mir gereicht. Oben war es etwas ruhiger und es gab vor allem Urbock aus Flaschen.

Und es war immer rammelvoll. Vor dem Eingang die Leute, die dir etwas verkaufen wollten. „Bester Afghane!" „Acid!" „Koks!" „Ädsch!" „Nur Jesus macht wirklich high, Alter!"

Nichts in der spießigen Einrichtung unterschied das Kanbach von anderen Dorfgasthöfen mit Saal und ließ auf eine Szenediskothek schließen. Vorne rechts neben der Tanzfläche die kleine Fixerecke. In eine hatte ich mich verguckt, die wirkte aber unnahbar. Nur, wenn Stolle nach Mitternacht den Bolero auflegte, betrat sie die Tanzfläche und alle machten ehrfürchtig Platz, selbst ich, der sonst immer mehrere Quadratmeter für sich beanspruchte.

Im Gang dahinter die Kiffer, links daneben und auf den Tischen an der Stirn der Tanzfläche die Leute, mit denen ich mich herumtrieb. Links neben der Tanzfläche die Theke, im Gang dahinter Kicker und Billard, an diesen Plätzen hielt sich bevorzugt die einheimische Dorfjugend auf.

Und Onkel Willi bewegte sich in diesem bunten Haufen wie ein Fisch im Wasser, majestätisch schlurfend und schwankend, stets in Filzpantoffeln. Es gab auch Gerüchte, in seiner Nähe solle es verdächtig süßlich gerochen haben, aber ich selbst habe das nie wahrgenommen und halte es auch für wenig wahrscheinlich.

Bella, bella, bella Marie,
häng' Dich auf,
ich schneid' Dich ab in der Früh'.

Nicht immer, nur wenn er besonders gut drauf war, stellte sich Onkel Willi auf die Tanzfläche und gab diese Version der Capri-Fischer zum Besten.

Noch seltener war ein vierter Auftritt, zu dem er oft genug mitten in einem Stück die Musik unterbrechen ließ und herrisch vom Discjockey das Mikrofon orderte. Dann stellte er sich wieder mitten auf die Tanzfläche, und forderte die beiden „schönsten Mädchen" auf, sich für einen „einmaligen Auftritt" zu ihm zu gesellen. Hatten die sich gefunden, stellte er sie links und rechts neben sich auf und begann wie auf dem Fischmarkt.

Meine Damen und Herren. Beim ersten Mal sehen Sie nichts. Beim zweiten Mal sehen Sie gar nichts. Und beim dritten Mal sehen Sie, was Sie beim ersten und beim zweiten Mal nicht gesehen haben, nämlich überhaupt nichts! Vielen Dank für Ihre Aufmerksamkeit.

Einmal, am Neujahrsmorgen 1972 um 3 Uhr in der Frühe gab es noch einen fünften Auftritt. Da torkelte Onkel Willi auf der Straße herum und sprach die Jugendschutzansage von 22 Uhr in ein leeres Colaglas.

Vielleicht war dieser Moment schon der Höhepunkt der Epoche. Das Publikum begann, sich langsam und fast unmerklich zu ändern. Aus den Großstädten fanden immer weniger den Weg, dafür rückten auch Leute nach, die nicht so friedlich gestimmt waren und denen nach körperlicher Auseinandersetzung war. Trotzdem blieb es noch meine zweite Heimat, hier verbrachte ich weiter möglichst vier Abende in der Woche, bis ich dann vier Jahre nach meinem Abitur doch noch anfing zu studieren und mich nach Göttingen aufmachte. Danach bin ich vielleicht noch ein halbes Dutzend Mal im Kanbach gewesen, aber Onkel Willi hatte man inzwischen zu Grabe getragen und ich habe ihn nie wieder erleben dürfen.

R.I.P.

Ringo

Won't you shake me, baby, well get you rollin' down
Oh, baby, we're gonna have some fun

Selbstverwaltete Diskothek „Go In" im Fresenhof an einem Sonntagnachmittag Anfang 1970. Kaum hatte ich Ten Years After aufgelegt, verließen die Hindenburg-Schülerinnen und Albert-Schweitzer-Schüler die Tanzfläche. An ihre Stelle – „Stark, Zapp, Alter!" – traten Ringo und Frankenstein und zuckten im Stand nach dem schnellen Rhythmus, stadtbekannte Rocker beide. Frankenstein hieß so wegen seines Aussehens, in seiner Nähe durfte man das nicht wagen, mußte auf „Fränkie" ausweichen. Von Ringo ging die Sage, er habe sich in der „Kajüte" mit einem zertrümmerten Stuhl in der Hand die halbe Unterwelt der Stadt erfolgreich vom Leibe gehalten.

„Danke, Zapp, wir sind deine Freunde, wenn jemand was von dir will, du weißt, wo du uns findest." Jetzt hatte ich den Schutz der Kleinstadtrocker, aber auflegen durfte ich nicht mehr. Die anderen im Verein mochten das Publikum nicht, das ich anzog. Als Trostpflaster ernannte man mich zum Ehrenmitglied und sicherte mir lebenslangen freien Eintritt zu.

Bald darauf rauchten auch Ringo und Fränkie ihren ersten Joint, schworen der Sauferei und der Gewalt ab und wandten sich innerlich wie äußerlich Love & Peace & Happiness zu. Frankenstein kaufte sich eine Gitarre und zog als Straßensänger durch die Welt, Ringo verließ die Handelsschule und übergab sich einem von seiner Mutter betreuten Kleinstadt-Hippieleben.

Zwölf Jahre später, ich war nach Bund-, Arbeiter- und Studienjahren wieder in die Heimat zurückgekehrt, rief mich ein Bekannter an, ich solle „mal was Sinnigeres machen" als Säcke zu schleppen in der Futtermittelfabrik, er brauche einen Co-Trainer für einen Kurs mit Arbeitslosen. Die Bezahlung war anständig, ich sagte Ernst-August und dem Dicken Adieu.

In der Teilnehmerliste ein Wolfgang Janz: Ringos bürgerlicher Name. Er wohnte noch immer bei seiner Mutter und wurde von ihr versorgt. Sein Lebenslauf hatte außer der abgebrochenen Höheren Handelsschule und Auszeiten als Flohmarkthändler nichts aufzuweisen, er wußte sich aber gut zu verkaufen, war er doch der einzige, den der IHK-Vertreter nach den gespielten Vorstellungsgesprächen übernommen hätte: in seinem Wunschberuf als Schallplattenverkäufer.

Auf dem Gebiet der populären Musik konnte kaum jemand Ringo etwas vormachen. Er war eng mit der lokalen Musikerszene verbunden und nannte zudem eine der wohlsortiertesten und umfangreichsten Plattensammlungen sein eigen – von den Stones über Zappa bis zu den Ramones, dazu jede Menge Krautrock.

Als er dann tatsächlich in einem der beiden Plattenläden der Stadt hätte anfangen können, kamen ihm plötzlich arge Bedenken. Der Laden in der Langen Straße sei der schlechtere von beiden, die hätten dort „keine Ahnung von Musik" und gingen „sowieso bald pleite". Es kam andersherum, als Ringo prophezeit hatte. Das Schallplattengeschäft in der Leinstraße, in dem er gern gearbeitet hätte, sich aber nie beworben hat – „Ich frag mal, wenn ich da die nächste Platte kaufe." – konnte sich nicht halten. Ringo blieb für den Rest seines Lebens arbeitslos.

Sechs Jahre später. Martin (damals Suchtberater, heute Paartherapeut) fragte mich, ob ich einen Wolfgang Janz kenne. Der behaupte, ich sei einmal einer seiner besten Kumpel gewesen, und wolle mit mir über alte Zeiten plaudern,

Ringos Mutter war inzwischen gestorben, ohne sie kam er in der Welt nicht zurecht, und er war in einer betreuten Wohngemeinschaft untergebracht. Da saßen wir dann bei einer Tasse Kaffee und erzählten den staunenden Mitbewohnern und Betreuern aus einer Zeit, in der wir beide, jeder auf seine Art, der Schrecken der braven Kleinstadtbürger gewesen waren.

Oh Lord, won't you buy me a Mercedes Benz?
My friends all drive Porsches, I must make amends.
Worked hard all my lifetime, no help from my friends,
So Lord, won't you buy me a Mercedes Benz?

Oh Lord, won't you buy me a color TV?
Dialing for Dollars is trying to find me.
I wait for delivery each day until three,
Oh Lord, won't you buy me a color TV?

Oh Lord, won't you buy me a night on the town?
I'm counting on you, Lord, please don't let me down.
Prove that you love me and buy the next round,
Oh Lord, won't you buy me a night on the town?

Ringo mußte von Sozialhilfe leben. Seine Plattensammlung wuchs nur noch sehr langsam. Nebenbei schrieb er Plattenkritiken für ein monatlich erscheinendes Veranstaltungsmagazin, das vor allem im Rimini-Dreieck Rinteln-Minden-Nienburg verbreitet war, und wurde in der warmen Jahreszeit oft als Ansager für kleine Festivals links und rechts der Weser gebucht. Als Höhepunkt brachte er dann immer Janis Joplins „Mercedes Benz", das einzige Lied, das er, in Statur und Bewegungsablauf eher Joe Cocker ähnlich, singen konnte und durfte.

Vier Jahre später. Ohne diesen Zufall wären wir uns vielleicht nie wieder begegnet. Ich hatte Mittagspause und wollte etwas im Supermarkt einkaufen. Ringo saß links neben dem Eingang, dünne Arme und Beine, bunt-verwaschene Baumwollhose, ein Hawaii-Hemd schlotterte um seinen verfallenen Körper, Klappergestell und Schatten seiner selbst, und bettelte mich an: „Zapp, Alter, haste mal ne Mark für mich?" Ich kaufte ihm eine Schachtel Mentholzigaretten und eine Dose Bier. „Danke, du warst und bist der Beste." Beides durfte er nicht mehr. Und beim Betteln durfte er auch nicht erwischt werden. Man hatte ihn jetzt im Altenheim um die Ecke untergebracht. Fünfundzwanzig Kilometer von seinem bisherigen Leben und

seiner vertrauten Umwelt entfernt. Die Plattensammlung hatte
der Heimleiter in Verwahrung genommen.

Ein einigermaßen normales Leben war ihm nur noch mit
regelmäßigen Depotinjektionen Haldol möglich. „Bin vor Ur-
zeiten auf nem Speed-Trip hängengeblieben, verstehste?"
Nach einer frischen Gabe hatte er Schluck- und Sprechbe-
schwerden: „Fast Zungenlähmung, Zapp." Aber man konnte
sich einige Tage normal mit ihm unterhalten. Je weiter die Wirkung nachließ, desto unruhiger und hastiger wurde er, seinen
Worten konnte man dann kaum noch folgen. In diesen Phasen
war ich froh, wenn ich meinen wöchentlichen Besuch hinter
mir hatte.

Er war erst vierundvierzig, aber viele Besuche wurden es
nicht mehr. In seiner letzten Nacht, als er wußte, daß er sterben
würde, bat er um ein letztes Bier und um eine letzte Zigarette.
Beides wurde ihm „aus gesundheitlichen Gründen" von der
Heimleitung verwehrt. Stattdessen wurde seine Plattensammlung unauffällig einbehalten.

Zu Grabe getragen haben wir ihn zu viert: zwei ehemalige
Betreuer, Martin und ich.

R.I.P.

Der Mann mit der Hasenscharte

Zugig, unfreundlich leer, das schmutzig-kalte Licht ließ
mich mitten im Sommer frösteln, ich stand in der Bahnhofshalle, studierte die Fugen und Kanten der grauen Treppenstu-
fen, die hinunterführten in den Tunnel zu den drei Bahnstei-
gen, und wartete an diesem Sonntagabend, bewaffnet mit einigen Zeitungen und einem Stapel Flugblätter, die zum Roten
Antikriegstag aufriefen, auf die Soldaten, die nach dem Wochenende wieder zurück mußten in die Kaserne nach Langendamm. Quietschende Bremsen eines anhaltenden Zuges,

Lautsprecherdurchsage, es war der falsche Zug, der aus Bremen, der aus Hannover kam immer einige Minuten später: die Schritte eines einzigen Menschen hallten mir durch den langen Gang entgegen.

Ich kannte ihn flüchtig aus der Schulzeit, Klaus, wenn ich mich richtig entsinne, mit der Hasenscharte, seine Haare waren jetzt etwas länger, einen Bart hatte er sich auch stehen lassen. Er kam direkt auf mich zu: „Zeig her, Zapp", dann zum Flugblatt: „Das ist gut." In der Schule war er mir nie aufgefallen, gehörte zu den strebsamen Braven und Angepaßten. Er kaufte mir sogar eine „Rote Fahne" ab und, als ich ihn gleich noch für den Roten Antikriegstag in München gewinnen wollte, lud er mich überraschend ein, das Gespräch bei ihm zu Hause fortzusetzen. Da könnten wir uns in aller Ruhe „über die Revolution und so" unterhalten. In drei Minuten, er blickte auf seine Uhr, fahre der letzte Bus nach Stolzenau, den wolle er unbedingt noch bekommen.

Ein paar Tage später war ich mit der neuen „Roten Fahne" bei ihm. Er wohnte noch bei seinen Eltern, oben unter dem Dach. Er nahm mir die Zeitung ab, legte sie aber sofort achtlos beiseite: „Zuerst habe ich Marx gelesen. Langweilig, nichts für mich." Von den Blauen Bänden war auch keiner zu sehen. „Dann habe ich Lenin gelesen, Staat und Revolution", er zeigte auf einen Band im Regal: „Da wußte ich, das ist es! Man muß den Staat zerschlagen, zerbrechen!" Ich nickte und Klaus fing an zu singen: „Macht kaputt, was euch kaputt macht!" Ich nickte begeistert. Das ist der Stoff, aus dem Revolutionäre sind! Aber er war noch nicht fertig. Denn er hatte auch Trotzki gelesen: „Und da wußte ich, Trotzki war der Mann, er hatte Recht, und ich bin Trotzkist geworden." Das kühlte meine Begeisterung für den Mann mit der Hasenscharte ein wenig ab. „Aber jetzt nicht mehr." Denn nachdem er irgendeine Schrift von Stalin gelesen hatte, er verriet mir nicht, welche, war Stalin für ihn plötzlich der Größte.

Nun war er auf der Zielgerade angekommen. „Aber das hier", und drückte mir eine Broschüre in die Hand, die bis dahin von mir unbemerkt auf dem Tisch gelegen hatte: „Wenn du das hier liest, Alter, dann weißt du, du mußt jetzt zur Waffe greifen." Er gestikulierte leidenschaftlich mit beiden Händen: „Sofort, Alter, und das Schweinesystem wegballern!" Ein Stapel hektographierte Blätter, DIN A4, oben links mit zwei Heftklammern zusammengehalten, oben in der Mitte der fünfzackige Stern mit der Maschinenpistole, ein Zitat von Mao Tse Tung, eine Überschrift, etwas mit bewaffnetem Kampf und revolutionärer Theorie – ein Papier der RAF, eindeutig. Ich schwitzte innerlich, ich war gekommen, um ihm eine Zeitung zu verkaufen und eventuell als Sympathisanten zu gewinnen, jetzt sollte ich von ihm für den bewaffneten Kampf der RAF gewonnen werden, ausgerechnet.

Einige Monate zuvor, an einem der Ostertage, ich war noch beim Bund, hatte ich nach langer Zeit wieder einmal den Weg in den Jazz-Club gefunden, saß an der Theke, plauderte mit der Ex-Freundin, die an dem Abend gerade bediente und mich, von einem Augenzwinkern begleitet, mit einer Siebzehnjährigen bekannt machte, zwei Hocker weiter, kräftig, drall und mit diesem Lächeln bewaffnet, das mich noch heute schwach werden läßt. Ich rutschte neben sie, ich fand sie im Gespräch noch sympathischer, flirtete, was das Zeug hielt, und als sie mich am Ende des Abends fragte, ob ich sie nach Hause fahren könne, nach Stöckse, war ich bereit und hoffte, daß da noch etwas mehr ging. Aber außer einer harmlosen kleinen Knutscherei spielte sich nichts ab, sie verabschiedete sich mit einem Lächeln und einem Kuß auf die Wange, und als ich zu Hause ankam, bemerkte ich, daß mir das Portemonnaie mit allen Papieren fehlte.

Jeder andere hätte das sofort gemeldet, aber ich sah keine Veranlassung dazu: Um in die Jägerkaserne zu kommen, brauchte ich keine Papiere, das zivile Wachpersonal kannte mich, der San-Bereich achtete auf gute Beziehungen zum gegenseitigen Vorteil mit den wirklich wichtigen Truppenteilen, Küche, Tankstelle, Wache, und versorgte die unter der Hand mit gängigen Medikamenten, Hämorrhoidensalbe, Autan, Valium, Schmerzmittel, einen Ausweis hatte ich schon lange nicht mehr vorzeigen müssen. Ich ließ mir fast zwei Monate Zeit für die Meldung. In diesen Wochen aber scheuchte die RAF mit den Bombenanschlägen ihrer Mai-Offensive alle auf; zuerst auf das Hauptquartier des V. Korps der US-Armee in Frankfurt: ein Toter, 13 Verletzte; dann Polizeidirektion Augsburg: 7 Verletzte; LKA München: 10 Verletzte; Auto-Attentat auf Richter Buddenberg: eine Verletzte; Springer-Verlagsgebäude in Hamburg: 15 Verletzte; Hauptquartier der 7. US-Armee in Heidelberg: 3 Tote. Überall hingen die Fahndungsplakate aus.

Mit Zungenspitzen-R geradebrecht: „Geworfen Bombe über Zaun, explodieren eine Stunde." Mit diesem nächtlichen Anruf aus einer Bierlaune heraus hatte ich die Jägerkaserne zusätzlich alarmiert. Der Kommandeur wurde aus dem Bett hochgescheucht, warf nur eine Uniformjacke über seinen Pyjama und gab in Hausschuhen, den Schäferhund an der kurzen Leine, Befehle, die zur Straße liegende Hälfte des San≠Bereichs wurde hastig evakuiert, drei Patienten umgebettet, der Streifen am Zaun entlang abgesucht – und nichts gefunden.

In dieser angeheizten Stimmung meldete ich den Verlust meiner Papiere. Von meiner Geschichte glaubte man kein Wort, ich mußte beim Kompanieführer antreten, der mich sofort beschuldigte, ich habe meine Papiere an die RAF „veräußert", man wisse, daß ich „diesen Kreisen" nahestehe, ich solle besser alles sofort zugeben, ansonsten müsse man mich an den MAD übergeben. „Ob Sie bei denen fünf Tage Verhör überstehen", er wiegte den Kopf langsam bedenkend hin und her: „Ich glaube eher nicht." Ich gab natürlich nichts zu, da hatte ich ein reines Gewissen, fürchtete aber doch, mein anonymer Anruf könne ans Tageslicht kommen und mir zum Verhängnis werden, ich wußte nicht, wie groß der Kreis der Mitwisser inzwischen war. Ob man mir am Ende glaubte oder nicht, weiß ich nicht, jedenfalls wurde ich nicht vom MAD verhört und bekam Ersatzpapiere ausgestellt.

Andreas Baader, Holger Meins, Jan-Carl Raspe, Gudrun Ensslin, Ulrike Meinhof, Brigitte Mohnhaupt, Siegfried Hausner, Klaus Jünschke, Irmgard Möller, die gesamte Führungsriege der RAF hatte man inzwischen gefaßt, ich war bei der Bundeswehr entlassen und arbeitete auf dem Bau, hockte an diesem Abend an dem niedrigen Tisch mit einer heißen Erklärung der RAF in den Händen und der Furcht im Nacken, man könne mich damit erwischen und das zum Anlaß nehmen, unsere KPD/ML (eine von neun verschiedenen, die es damals gab, der Kampf gegeneinander um kleinste Abweichungen der „Linie" im „Leben des Brian" bestens karikiert) zu verbieten. Beobachtet und bespitzelt wurden wir, das hatte ich nach einem Besuch bei alten Bekannten erlebt, die bei der Konkurrenz der „A Null" gelandet waren, als ich auf dem Heimweg von zwei Gestalten, die auf der anderen Straßenseite gewartet hatten, auffällig unauffällig verfolgt wurde, bis ich sie nach einer halben Stunde endlich abhängen konnte.

Wegen der Verbotsdrohung verhielten wir uns teilweise schon lächerlich konspirativ, kannten uns zum größten Teil nur unter Decknamen und redeten am Telefon nicht offen, mit der RAF in Verbindung gebracht zu werden, das wäre in unseren Augen das sichere Ende der Partei gewesen. „Das Proletariat muß los, morgen wieder malochen", verabschiedete ich mich deshalb schnell, das RAF-Papier leuchtete verdächtig auf dem Beifahrersitz, ich hielt am nächsten Papierkorb, schaute nach allen Seiten und entsorgte dieses Pamphlet hastig, ein zeitgeschichtliches Dokument, deshalb bedaure ich das heute, schaute noch in den Rückspiegel, ob es nicht jemand womöglich noch herausholte.

Besucht habe ich ihn nicht wieder, aber am zweiten Septemberwochenende fuhr ich nach Hannover zum Altstadtfest und da sah ich den Mann mit der Hasenscharte noch einmal, auf der Wiese am Leineufer gegenüber vor der Bühne, auf der Heino & Knochen „Johnny, komm, wir fressen eine Leiche" sangen, saß er im Kreis mit einigen Leuten aus der Kornstraße und von der „883 [acht acht drei] Hannover", die einen Joint herumgehen ließen, hob kurz den Kopf und sah in meine Richtung, als wir uns gegenseitig bemerkten.

Der kleine Herrgott

Dann kam ein neuer Ingenieur, das war'n begeisterter Fußballer, der stand jeden Fußballspiel auf'n Schloßplatz. Und wenn er dann sah, daß ich eine Verletzung hatte, dann hat er denn gesagt: „Morgen bleiben Sie zu Hause, ich spreche mit Ihrem Meister." Und seitdem war ich der kleine Herrgott.

Meine Heimat – das Kiesgruben- und Quarzsandsoziotop an der Mittelweser – hat schon einige überragende Fußballspieler hervorgebracht: Willi Kronhardt, der aber in Wirklichkeit in Kasachstan geboren wurde, Jens Todt, Nationaltorhüter Uli Stein, der 1986 von der WM in Mexiko nach Hause geschickt wurde, weil er Franz Beckenbauer als „Suppenkasper" bezeichnet hatte, und nicht zuletzt der Rehburger Günter Hermann, der 1990 Weltmeister wurde, ohne eine Sekunde gespielt zu haben. Aber um keinen von diesen Spielern mit internationaler Karriere haben sich solche Legenden gebildet wie um Willi Engelbarth, einen gefürchteten Außenstürmer, nicht größer als Thomas Häßler, dafür stämmiger als Gerd Müller, ausgestattet mit einer mörderischen Schußkraft, von der noch fünf Jahrzehnte später geraunt wurde. Ein gegnerischer Torwart soll einen Schuß, der genau auf den Mann ging, nicht überlebt haben.

Er wurde 1912 geboren, hatte schon in der Schulzeit und während seiner Lehre als Dreher nichts als Fußball im Kopf und war stets kampfbereit, wenn es darum ging, seinen Sport gegen Angriffe von irgendwelchen Autoritäten zu verteidigen. Seine fußballerischen Leistungen und die Position seines Vaters im Betriebsrat bewahrten ihn aber stets vor Schlimmerem.

Da sah ich schon die Hand. Umdrehen. Kinnhaken. Kinnhaken. Der Meister ging zu Boden und die Gesellen kriegten sich auch in die Haare. Fußball. Da die anderen. Es wurde dann wieder geschlichtet.

Als Sohn sozialdemokratischer Eltern war es für Willi selbstverständlich, nicht in einem Verein des „bürgerlichen" DFB zu spielen, sondern nur innerhalb des Arbeiter-Turn- und Sportbundes, in dessen Fußballsparte 1932 137.000 Mitglieder in 4.000 Vereinen gezählt wurden. Hier brachte ihn sein Talent schnell über regionale Auswahlmannschaften bis hin zu zwei Einsätzen in der ATSB-Auswahl – die Begriffe Nationalmannschaft oder Reichsauswahl waren in Arbeitersportkreisen verpönt. Er wurde in beiden Qualifikationsspielen zur Arbeiterfußball-Europameisterschaft 1932/34 gegen Polen eingesetzt.

Wir standen wieder mal kurz vor der Meisterschaft und es waren schon immer Gerüchte laut. Der P. und der E. wollten abhauen. Hannover 96 saß dahinter. Alle waren sie sehr empört. Die Straßen wurden besetzt. Um diese Einkäufer unschädlich zu machen. Dann war der P. nochmal hier und sagte zu mir: „Willi, ich bleibe hier." Ich sagte: „Das wollt' ich auch meinen." Und in der Nacht haben sie dann den P. abgeholt. Nicht. In Nacht und Nebel. Husch. War er verschwunden. Und war der Verräter

Der kleine Herrgott war zwar seit 1931 arbeitslos, weil die Glasfabrik Heye den Betrieb eingestellt und 1.000 Arbeiter auf die Straße gesetzt hatte, seine Zukunft schien aber mit einer Anstellung in der Bundesschule des ATSB in Leipzig gesichert zu sein. Doch daraus wurde nichts. Das 4:1 gegen Polen am 26. Dezember 1932 sollte Höhe- und Schlußpunkt seiner Karriere bleiben. Am 30. Januar 1933 wurde Hitler zum Reichskanzler ernannt, am 27. Februar die „Verordnung zum Schutz von Volk und Staat" erlassen, die Vereine und Verbände des Arbeiter-sports wurden verboten, die Funktionäre in Konzentrationsla-gern inhaftiert und einige auch ermordet.

„Kommen Sie mal her, Engelbarth Ich weiß, Sie sind dran zur Beför-derung, aber das können wir nicht machen." „Warum nicht?" Immer in schöner strammer Haltung. War ganz zackig dieser. „Dann müs-sen Sie erst zur NSDAP-Schule." „Ach", sag ich, „jetzt wird's ge-mütlich. Dann will man mich umformen. Nein, das kann ich nicht machen."

Und ich trau meinen Augen nicht. Wie ich auf dies Arbeitsdienstge-lände komme, da ist mein Mordsturmführer Solo-Schröder Lagerfüh-rer da. Stellt sich vor uns hin: „Aaach! Da kommen ja die roten Schweine. Aber ich werde euch schon klein kriegen."

Die Anfänge der nationalsozialistischen Herrschaft über-stand Willi Engelbarth erst im Freiwilligen, dann im Reichsar-beitsdienst und wechselte auch fleißig die Einsatzorte, immer abhängig davon, in welcher Auswahl man ihn gerade brauchte und seinen geliebten Fußball spielen ließ. Dann bekam er Ar-beit als Dreher bei der Bremer Straßenbahn, trainierte zeitweise bei Werder, spielte aber in der Mannschaft der Straßenbahn, wurde mit einem Arbeitsplatz zurück nach Nienburg und zum Sportclub geködert. Weil er nie genug Fußball spielen konnte, lief er nebenbei immer wieder für Mannschaften auf, für die er keine Spielberechtigung hatte, und kassierte dafür eine zweijäh-rige Sperre. Ehe die Sperre abgelaufen war, wurde er in die Wehrmacht einberufen und mußte in den Krieg ziehen.

Ging das wieder los mit Fußball. Die Kollegen kamen: „Kannst gleich wieder mitmachen. Sonnabend spielen wir Fußball. In Lemke gegen die Engländer." „Mach ich mit. Mach ich mit." „Wir besorgen dir alles. Kriegst Fußballschuhe. Alles." Das wurde dann auch besorgt. Und wir haben da rungewirkt. Die haben ihre Wucht gekriegt. Das kann ich Ihnen sagen. Aber immer so am Schienbein runter, wirk-lich. Das ist nicht meine Art. Aber die Brutalität, die war entsetzlich.

Und die nahmen – das war ja'n englischer Schiedsrichter – die nahmen das nicht so tragisch.

Nach seiner glücklichen Rückkehr aus dem Krieg konnte Willi leider nicht mehr an seine Erfolge aus den glanzvollen Zeiten vor 1933 anknüpfen. Eine langwierige Sportverletzung bedeutete dann das endgültige Ende seiner Fußballerlaufbahn. Ihm wurde eine Stelle als Schulhausmeister angeboten und der kleine Herrgott, der dank seiner Fußballkünste so ziemlich alles bekam, was er sich wünschte, verwandelte sich in einen Tyrannen, der angriffslustig keinem Zweikampf aus dem Wege ging und vor dem sich Schüler, Lehrer und Vorgesetzte gleichermaßen fürchteten.

Ich habe vier Schulleiter überl..., überdauert. Der eine wollte mich mal rausschmeißen. „Nee, das können Sie gar nicht." So, wie diese Schulleiter heute sind. Sie meinen, sie hätten unheimliche Gewalt. Dabei sind sie noch häßlicher wie 'ne Putzfrau. Denn mitunter, muß ich sagen, der Lehrer hat ja, die haben ja 'n Brett vorm Kopf. Die kennen nur ihre Welt. Ihre Bücher. Aber 'n Nagel in die Wand hauen. Das können sie nicht. Ja. Ja. Und dann habe ich ihm ja klar gemacht, daß ich bei ihm gar nicht beschäftigt bin.

Doch. Doch. Fußball prägt ungemein.

Henry Ritzer, Widerstandskämpfer

April 1984

Im Hinterzimmer der Gaststätte, in der über Jahrzehnte der 1. Mai, der Kampftag der Arbeiterbewegung, als behäbige Saalveranstaltung durchgeführt wurde, sitze ich mit 21 DGB-Senioren und dem Leiter der Veranstaltung bei Bier, Kaffee und Kuchen in gemütlicher Runde und sie erzählen mir etwas, das ich aufschreiben und der Nachwelt erhalten soll. An diesem Nachmittag erzählen sie eine ungeheuerliche Geschichte, die schwere Empörung in mir auslöst.

1. Mai 1932

Der Sägewerksbesitzer, Fabrikant und überzeugte Nationalsozialist Emmerling läßt auf seinem Fabrikschornstein die Hakenkreuzfahne hissen. Diese Provokation an diesem Tag und
in dieser „roten" Kleinstadt kann die Arbeiterbewegung nicht
auf sich sitzen lassen. Als der Umzug am Sägewerk vorbeimarschiert, stürmt ein kleiner Trupp das Fabrikgelände, der Sanitäter Huebenthal klettert den Schornstein hoch und reißt die
Hakenkreuzflagge herunter. Darauf hat der Fabrikant Emmerling nur gewartet. Mit geladenem Jagdgewehr eilt er herbei,
treibt die Genossen in die Flucht und schießt den Sanitäter
Huebenthal von der Leiter, der kurz darauf seinen Verletzun-
gen erliegt. Von der bürgerlichen Presse sei das Ereignis totge-
schwiegen worden, eine gerichtliche Verfolgung des Todes-
schützen habe nie stattgefunden.

Mai 1984

Da ich Zugang zum Archiv der lokalen Tageszeitung habe,
gehe ich die Ausgaben der ersten Maiwoche 1932 durch. Am
Montag, dem 2. Mai 1932 findet sich ein kleiner Artikel über
den Umzug und eine Kundgebung, aber kein einziges Wort
über den Zwischenfall. Auch an den Tagen danach: nichts. Bin
ich einer Riesenschweinerei auf der Spur? Der Leiter des Stadt-
archivs, ein CDU-Mann, empfiehlt mir, ein Interview mit
Henry Ritzer zu führen, einem alten Widerstandskämpfer, der
nach dem Krieg auch einmal Bürgermeister gewesen sei, der
könne mir sicher Auskunft geben.

Juli 1984

Bewaffnet mit dem obligatorischen Kassettenrekorder sitze
ich Henry Ritzer gegenüber, einem kräftigen, großen Fünfund-
siebzigjährigen mit einem schönen Bass. Bevor ich das Gerät
einschalten darf, werde ich erst einmal examiniert: meine poli-
tischen Überzeugungen, mein Wissen über die Weimarer Re-
publik und das Dritte Reich, meine Faschismustheorie, meine

politische Praxis. Er scheint zufrieden zu sein mit meinen Antworten und auch ich bin beeindruckt, als der alte Agitator mit ihm durchgeht und er mir noch einige Exemplare der Zeitschrift Arbeiterpolitik in die Hand drückt. Dann geht es los.

Zunächst einige Erlebnisse aus der Jugend. Mit noch nicht einmal 14 Jahren beginnt er noch in der Inflationszeit eine Lehre in einer Anwaltskanzlei. Er muß am Samstag arbeiten und kann den Wochenlohn nicht mehr ausgeben. Am Montag bekommt er gerade noch einmal eine Kugel Eis dafür. In diesem Jahr tritt Henry Ritzer der Arbeiterjugend bei, später der SPD.

In der Weltwirtschaftskrise geht es mit der Kleinstadt bergab. Eine der beiden Glashütten muß 1932 schließen. 2000 Menschen stehen buchstäblich auf der Straße. Täglich vor dem Arbeitsamt, denn damals muß man sich noch jeden Tag einen Stempel abholen, um am Ende der Woche das Arbeitslosengeld ausbezahlt zu bekommen. Henry Ritzer muß jeden Morgen auf dem Weg zur Arbeit an der langen Schlange vorbei und sich die übelsten Beschimpfungen anhören. Seit der Zustimmung der sozialdemokratischen Minister zum Panzerkreuzerbau entfernt er sich politisch immer mehr von der SPD und gründet 1932 eine Ortsgruppe der Sozialistischen Arbeiterpartei Deutschlands (SAPD), die auch die Partei Willy Brandts war.

Nach der Machtergreifung der Nationalsozialisten arbeitet Henry Ritzer im Untergrund weiter und nimmt am antifaschistischen Widerstand teil. Auch als 1937 die meisten illegalen Strukturen der SAPD von der Gestapo zerschlagen sind, gelingt es ihm, weiter den Kontakt zu den Bremer Genossen zu halten. Die Treffen und Besprechungen finden immer zu den Heimspielen von Werder Bremen im Stadion statt, eine Tarnung, die bis zum Kriegsende nicht auffliegt, was Henry Ritzer aber nicht davor bewahrt, in ein Strafbataillon eingezogen zu werden.

1946 kehrt Henry Ritzer aus amerikanischer Kriegsgefangenschaft zurück, geht wieder in die SPD, hält aber immer noch engen Kontakt zu den Bremer Genossen aus dem Widerstand, die sich zur Gruppe Arbeiterpolitik organisieren. Kurt Schumacher wird auf ihn aufmerksam, macht ihn zum Ortsvereinsvorsitzenden, später ist er für kurze Zeit sogar Bürgermeister der Stadt. Den Sozialdemokraten mißfällt, daß Henry Ritzer regelmäßig Treffen und Schulungen mit Gewerkschaftern abhält, zu denen er als Referenten seine Genossen aus der Gruppe Arbeiterpolitik einlädt. Die SPD versucht, ihn hochzuloben, doch er bleibt seinen Überzeugungen treu und lehnt die Posten des Stadtdirektors, des Regierungspräsidenten und auch die Leitung des Landesarbeitsamtes ab. Ein Parteiausschlußverfahren mißlingt und endet mit einem bloßen Funktionsverbot.

Zu den Ereignissen, die den Sanitäter Huebenthal das Leben gekostet haben sollen, hat Henry Ritzer eine andere Erinnerung als die 21 Gewerkschaftssenioren. Die Schießerei habe zu anderer Gelegenheit stattgefunden und der Sanitäter habe überlebt.

Juli 1932

Zum Roten Sommerfest, das die Industriearbeiterschaft als Gegenstück zum bürgerlichen Scheibenschießen feiert, läßt der Sägewerksbesitzer, Fabrikant und überzeugte Nationalsozialist Emmerling auf seinem Fabrikschornstein die Hakenkreuzfahne hissen. Für die Feiernden an diesem Tag und in dieser Stadt eine Provokation, die man nicht auf sich sitzen lassen kann. Als der Umzug am Sägewerk vorbeimarschiert, stürmt ein kleiner Trupp das Sägewerksgelände, der Sanitäter Huebenthal klettert den Schornstein hoch und reißt die Hakenkreuzflagge herunter. Darauf hat der Fabrikant Emmerling nur gewartet. Mit geladenem Jagdgewehr eilt er herbei, treibt die Genossen in die Flucht und schießt dem Sanitäter Huebenthal eine Ladung Schrot in den Hintern, so daß der im Krankenhaus behandelt werden muß.

August 1984

Die Senioren, denen ich das vorhalte, werden wütend. Der Mann lüge und Bürgermeister sei er auch nie gewesen. Dabei belegen die schriftlichen Quellen die Version Henry Ritzers. Im Juli 1932 findet sich eine entsprechende Meldung in der Zeitung. Außerdem ist der Sanitäter Huebenthal im Telefonbuch von 1939 noch quicklebendig vorhanden.

Mit der Erinnerung ist es eine seltsame Angelegenheit. Sie wird weniger von den erlebten Ereignissen geprägt als von der eigenen Geschichte danach und der gegenwärtigen persönlichen Lage. Anders als Henry Ritzer haben die Gewerkschaftssenioren des Gesprächskreises den Nationalsozialismus nicht aktiv bekämpft, sondern sie haben sich in das aus ihrer Sicht Unvermeidliche gefügt. In ihrer kollektiven Erinnerung erscheint deshalb die Schrotladung auf den Hintern des Sanitäters H. als Symbol für die Brutalität, Stärke und Unüberwindlichkeit des Nationalsozialismus und gleichzeitig für die Richtigkeit ihrer damaligen Passivität.

Ein Buchhändler

Seume? Spaziergang? Warten Sie … das müßte … hier … warten Sie … das haben wir gleich …

Barry und ich schauten uns fragend an, als der alte Mann zielgerichtet zu einem der Stapel schlurfte, in denen sich die Bücher an der Wand rechts hinter der Kasse in Doppelreihen türmten. Diese Buchhandlung und dieser Buchhändler schienen aus einer anderen Welt als der uns bis dahin bekannten.

Schulbücher und auch meine Karl-May-Bände, ich konnte mir nur die billigen Ueberreuter-Taschenbuchausgaben leisten, besorgte ich mir bei Hanna Vorschulte, auch in der Jahnstraße, nur wenige Schritte entfernt im Haus der Mosterei Uhlenhoff, anspruchsvollere Literatur lieh ich in der Stadtbibliothek aus. Zwei Bände pro Quartal kamen vom Jugendlesering dazu, das bezahlte mein Vater, einzige Auflage, es durften keine ausgesprochenen Kinder- oder Jugendbücher sein, die hätte ich vom Taschengeld abzwacken müssen, nur etwas „Vernünftiges" mit Biß, was er selbst auch lesen mochte, also Kipling, Hemingway, Bergengruen, Jules Verne.

Sehr selten, und das sollte auch über die Jahrzehnte so bleiben, kaufte ich etwas bei Leseberg, dem größten Buchhändler der Stadt. Jack Kerouacs „Unterwegs" allerdings hatten sich Barry und ich dort besorgt, und jetzt waren wir auf den Geschmack gekommen und wollten den Trip in die Vergangenheit fortsetzen, zu den Wurzeln solcher Lebensart, zu Johann Gottfried Seumes „Spaziergang nach Syrakus im Jahre 1802". Am ehesten, verriet uns Rudolf, der uns auch auf die Fährte von Kerouac gesetzt hatte, kenne noch der alte Ulrich dieses Werk und habe es vielleicht sogar auf Lager. So standen wir nun in seiner Buchhandlung und wunderten uns.

Und diesem Mann waren nicht nur Seume und sein Spaziergang ein Begriff, er hatte ihn sogar auf Lager, und – zu unserer größten Verblüffung – fand ihn in dieser rätselhaften Ordnung der vom Boden fast mannshoch aufgetürmten Bücherstapel auf Anhieb.

Seume ... Spaziergang ... warten Sie ... das haben wir gleich ... ja, hier ... aber nur noch einmal ...

Er zog das dritte Buch von unten so geschickt aus einem der hinteren Stapel, daß der Turm kaum wankte. Ich ließ Barry den Vortritt und bestellte für mich ein weiteres Exemplar. Als ich es abholte, hatte Barry seinen Spaziergang schon verschlungen und kam mit, um nach den „Apokryphen" zu fragen. „Warum sagen Sie das nicht gleich, die habe ich doch auch da", und zog sie aus einem anderen Stapel.

Als man mir weder im Kiosk in der Markthalle noch in der Bahnhofsbuchhandlung die „Star Club News" besorgen konnte, versuchte ich es wieder bei Heinz Ulrich. Für ihn war es kein Problem und so holte ich mir von da an jeden Monat ein druckfrisches Exemplars dieses Musikmagazins bei ihm ab, aber nicht lange, denn die „Star Club News" gab es bald nicht mehr, sie gingen in der „Sounds" auf. Schnell war Heinz Ulrich mein Lieferant für alles, was regelmäßig erschien und mir lieb und teuer war: Enno Patalas' „Filmkritik" bezog ich über ihn, ebenso wie die Spectaculum-Bände mit den angesagten Theaterstücken der Saison und Wagenbachs Tintenfisch. Ich hatte die Bände immer sofort nach Erscheinen in der Hand, mußte aber, da der alte Ulrich Buchhändler von Berufung, aber kein Geschäftsmann war, und er ein Herz für arme literaturbegeisterte Schüler hatte, nicht ebenso prompt bezahlen, wobei ich ihn   so manches Mal auf eine lange Geduldsprobe stellte.

Als ich dann nach einem Jahrzehnt, in dem ich selbst „unterwegs" war und in verschiedenartiges Leben eintauchte, wieder zurück an die Weser kam, gab es diese beste aller Buchhandlungen leider nicht mehr lange. Die Jahnstraße wurde zur Fußgängerzone, der Vermieter wollte mehr herausschlagen, als der inzwischen greise Heinz Ulrich zahlen konnte, ihm wurde gekündigt und er mußte, obwohl dieses Gebaren in der Lokalpresse als Unrecht angeprangert wurde, aufgeben. Ein Samengeschäft zog ein. Dort, wo sich vorher die Bücher gestapelt hatten, wurden nun Rasenkantenscheren und Guanodünger verkauft. Inzwischen mußte auch dieser Laden einem ordinären Schuhgeschäft weichen.

Ein Nachhilfelehrer

It's gonna be a thrilla
and a chilla
when I get the gorilla
in Manila.

„Laß uns die Abkürzung nehmen." Wir kamen vom Studentenwohnheim im Albrecht-Thaer-Weg, wo meine Freundin Sabine damals in einer WG mit zwei Waldorfschülern aus Worpswede lebte, und wollten hinüber zum Klausberg, Clemens und ich, zu seinem ehemaligen Griechisch-Nachhilfelehrer, bei dem könnten wir uns nicht nur die nächtliche Fernsehübertragung des „Thrilla in Manila" zwischen Ali und Frazier anschauen, wir bekämen dort auch zu trinken, was unser Herz begehrt, und mehr als wir vertrügen. „Wenn wir ihn noch länger warten lassen, geht er vielleicht schon ins Bett." So kletterten wir die Böschung am Nikolausberger Weg hoch, dort, wo er sich zu einer für den eiligen Autofahrer gefährlichen hohlen Gasse verengt, unheimlich dunkel zu dieser nachtschlafenen Zeit.

HT, Mitte dreißig damals, ewiger Student der Altphilologie, der sich immer noch einschrieb, um an den Studentenausweis und die Vergünstigungen zu kommen, seinen Lebensunterhalt verdiente er sich mit Nachhilfeunterricht in Latein und Griechisch, hauptsächlich für die Schüler des altsprachlichen Max-Planck-Gymnasiums. „Setzt euch." Wie ein Blick auf die Inneneinrichtung zeigte, ging es ihm dabei nicht schlecht.

„Was wollt ihr trinken?" Er öffnete die Schrankwand in meinem Rücken. „Ich habe alles da." Das war nicht gelogen. Auf drei Meter Breite stand in vier Etagen, was das Herz des harten Trinkers begehrt: Whisky, Cognac, Rum, Obst- und andere Brände und Schnäpse neben edlen Likören und Magenbittern, immer Dutzende von Marken und Sorten. Verwirrt und erschlagen von der Vielfalt fiel mir nichts anderes ein als

Chivas Regal, den kannte ich aus dem Scandia Club, mit Apfelkorn mochte ich ihm nicht kommen, von den Single Malts, auf die er als Alternative hinwies, „wenn es denn ein Whisky sein soll", hatte ich keine Ahnung, ich blieb dabei. Während ich mir eine Drum drehte, stellte mir HT die ganze Flasche und ein Glas auf den Tisch, für sich einen Cognac, Clemens kannte sich aus und holte sich ein Urquell aus dem Kühlschrank.

Nach dem ersten Glas und der ersten Zigarette wurde der Fernseher angestellt. Am Anfang war Ali noch schnell auf den Beinen, beherrschte den Kampf: wir tranken und rauchten locker in der Hoffnung auf ein vorzeitiges Ende. Dann hing er fast nur noch in den Seilen, kassierte Treffer um Treffer: wir tranken und rauchten angespannt, weil wir Schlimmes befürchteten. Der Kampf steigerte sich zur Schlacht: wir tranken und rauchten aus Mitleid mit beiden Boxern. In der 13. und 14. Runde wurde es fürchterlich für Frazier, Ali traf ihn wieder und wieder am Kopf, Frazier wankte, aber fiel nicht: wir vergaßen zu trinken und zu rauchen.

In der 15. Runde trat Frazier nicht mehr an. Die Flasche Chivas Regal war noch halb voll, aber ich hatte schon genug und schwankte. Clemens verabschiedete sich in eine andere Richtung und ich mußte den Rückweg in der Dunkelheit allein finden. Als ich oben am Hohlweg ankam, lief ich in einige Büsche hinein, Gesichts- und Körpertreffer, und im Gegensatz zu Frazier fiel ich und kullerte den Abhang hinunter. Betrunken, zerkratzt, zerschunden, verdreckt und mit unordentlicher Kleidung, als hätte ich selbst gekämpft und nicht nur ferngesehen, klingelte ich dann sehr viel später bei Sabine.

***

There will be no Pearl Harbour!
Muhammad Ali has returned!
There will be no Pearl Harbour!

Nach zwei weiteren Titelverteidigungen, die mich nicht interessierten, trat Ali dann Ende Juni 1976 für sechs Millionen

Dollar in einem Schaukampf gegen den „Pelikan" an, die japanische Wrestling-Legende, Catcher, wie wir damals sagten, Antonio Inoki, Weltmeister in fünf Kampfsportarten. Kenner, wie der Kickbox-Meister Georg F. Brückner oder der Judo-Olympiasieger Anton Geesink, befürchteten Lebensgefahr, sollten beide ernsthaft kämpfen: „Wenn der den Clay zu fassen kriegt, sehe ich schwarz und wenn Clay trifft, umgekehrt."

Das wollten wir uns nicht entgehen lassen und machten uns noch einmal zu einer Fernsehnacht bei HT auf, diesmal zu viert, denn Ute und Sabine kamen mit, um auf Clemens und mich aufzupassen. Ich entschied mich für Armagnac, hielt mich aber sehr zurück, die beiden Aufpasserinnen für Persico, Clemens wieder für Urquell, der Gastgeber trank ziemlich viel ziemlich durcheinander.

Weil niemand der beiden ein Risiko eingehen wollte, war der Kampf nach nur für diese Begegnung ausgehandelten Regeln eine einzige Enttäuschung. Inoki lag die meiste Zeit auf dem Rücken und trat nach Alis Beinen, Ali umkreiste ihn mehr oder minder ratlos tänzelnd. Das war alles. Nach fünfzehn Runden wurde der Kampf unentschieden gewertet. Inoki lag zwar drei Punkte vorn, die wurden ihm aber aberkannt, da angeblich durch Foul errungen. Das Publikum zeterte Betrug und wollte sein Geld zurück.

Wir waren schon nach den ersten beiden Runden gelangweilt, sahen nicht mehr hin und interessierten uns nur noch füreinander. Sabine und ich saßen nebeneinander auf dem Sofa, nippten an unseren Getränken, rauchten, schauten uns hin und wieder amüsiert an, die drei gegenüber teilten sich einen Sessel. Ute saß bei Clemens auf dem Schoß, der langte mit der Rechten in ihren Ausschnitt, fummelte sich unter den BH, die beiden knutschten immer heftiger. HT hockte derweil den beiden zu Füßen, sah mit großen Augen hinauf, umklammerte Clemens' Bein, streichelte und küßte es, hing schließlich wie ein Hund an seinem Knie und begann, vor Begierde elektrisch zu zucken. Sabine und ich prosteten uns zu.

Clemens versuchte, HT abzuschütteln, doch das steigerte dessen Begehr noch und stachelte ihn zu noch wilderem Gerammel an. Plötzlich war ihm übel, er hockte auf allen Vieren und versuchte, sich zu übergeben. „Der muß ins Bett, ehe es noch schlimmer wird", entschied Clemens. Mit dem wäre HT freilich gerne mitgegangen, vielleicht auch mit mir, Sabine aber, die ihm auf- und erst ins Bad, dann ins Bett half, während Ute und Clemens sich weiter im Sessel vergnügten und ich die Szene wohlgefällig betrachtete, biß er dabei nur in den Finger.

Für den Rückweg nahmen wir in dieser Nacht nicht die Abkürzung durchs Gebüsch, sodaß der Zahnabdruck an Sabines Zeigefinger die einzige Blessur in dieser Nacht bleiben sollte.

Theo

„Weg mit der ZP Alte Geschichte", „Boykott", „Nieder mit der bürgerlichen Wissenschaft" war auf den Spruchbändern zu lesen, die den Flur im dritten Stock des Blauen Turms schmückten. Die Studentenmassen, die sich dort drängelten, Fachschaftsräte, Spontis, Genossinnen, Genossen, Sympathisanten und sogar Jusos, 26 von ihnen wurden hinterher vor Gericht gestellt, bildeten einen undurchdringlichen Wall vor dem Prüfungszimmer. Die Prüfungswilligen, eine Handvoll nur, die in einer Ecke eingeschüchtert beratschlagten, kamen nicht hinein, die Fachschaftsvollversammlung hatte es schließlich so beschlossen, Heuß, Botermann, Quaß, Gehrke, die Prüfer hinter der Tür wurden nicht herausgelassen.

Begonnen hatte es in einer dieser nächtlichen Sitzungen, die sich hinzogen wie Kaugummi, überquellende Aschenbecher, müde Gesichter, ellenlange folgenlose Herumkrittelei an den Zuständen im Fachbereich, ich hatte plötzlich die Idee: „Wir rufen den Streik am Historischen Seminar aus!" Alle waren zu schwach, zu widersprechen, wir legten sofort los, das Rotationspapier wurde auf dem Tisch ausgerollt, „Es reicht! Streik am Historischen Seminar! Sofort!", in Rot mit dem dicksten Filzstift aufgemalt und im Erdgeschoß zwischen den Fahrstühlen aufgehängt. Wer am nächsten Morgen irgendetwas am Seminar zu erledigen hatte, mußte daran vorbei.

„So geht das nicht. In der Mittleren und Neueren Geschichte schon gar nicht!" Die Sponti-Fraktion des Fachschaftsrates, die bei dieser Nachtsitzung nicht dabei war, verlangte eine Vollversammlung. Auf der ließen wir uns herunterhandeln, auf ausschließlich die Alte Geschichte und auf eine einzige Aktion, den Boykott der Zwischenprüfung dort.

Flugblätter, ein Extrablatt der Fachschaftszeitung, Wandzeitungen, auf denen die Alte Geschichte als reaktionäre Wissenschaft angeprangert wurde, die Vorbereitungen liefen, plötzlich wurde ich zu einer Wehrübung einberufen, genau in der Woche, in der auch Prüfung und Boykott stattfinden sollten. Ich witterte schon eine Verschwörung, lief dann aber zu einem der Assistenten, Gehrke, der so sportlich war, mir eine Bescheinigung auszustellen, nach der ich in der Zeit der Wehrübung am Fachbereich „unabkömmlich" sei. Nun saß eben dieser Gehrke auch mit den anderen, mit Professor Heuß, Glowka-Botermann und Quaß hinter der Tür und ich gehörte zu denen, die ihn nicht hinausließen, Freiheitsberaubung, Nötigung hieß es später in der Anklageschrift.

Das Häuflein Prüfungswilliger hatte sich schon resigniert verzogen, jetzt drängte sich vom Fahrstuhl her Theo, zwölftes Semester, Bart, Brille, Anzug, durch das Gewoge und hatte die Hand schon an der Klinke, als ihm Clemens den Weg versperrte: „Boykott", er deutete auf eine der Wandzeitungen, „das gilt auch für dich." Theo verlegte sich aufs Betteln. Er sei darauf angewiesen, die Prüfung jetzt zu schaffen, er habe sogar schon zwei Hauptseminare besucht, beide erfolgreich, könne aber die Scheine dafür nicht bekommen und sich fürs Examen anmelden, wenn er nicht endlich diese Zwischenprüfung bestehe.

Die Botermann, „diese Ziege", müsse man „einmal richtig durchziehen", war er einmal zu Anfang des vierten Semesters über sie hergezogen, als man im Proseminar auf sie wartete, da stand sie aber schon direkt hinter ihm und niemand hatte ihn gewarnt oder ihm Einhalt geboten. Danach hatte sie dafür gesorgt, daß er elfmal durch die Zwischenprüfung fiel, eine mündliche Prüfung über das gesamte Gebiet der Alten Geschichte, keine Absprachen, keine Wahl oder Zuteilung eines Themas, keine Eingrenzung auf ein Teilgebiet, die Prüflinge sahen sich in einem Stuhlkreis vier Prüfern ausgeliefert und konnten nur hoffen, daß die nicht allzu beharrlich in den Lücken herumstocherten. Eine Prüfungsordnung gab es auch nicht, nach der etwa die Zahl der möglichen Wiederholungen festgelegt gewesen wäre.

Wir beschlossen, Mitleid mit Theo zu haben und ihn als Opfer der Zwischenprüfung Alte Geschichte und lebenden Beweis ihres vollkommenen Willkürcharakters durchzulassen. Die Prüfer hatten auch Mitleid mit ihm und ließen ihn in seinem zwölften Versuch endlich bestehen.

Der auf mehrere Tage angesetzte Prozeß platzte, bevor die Anklageschrift verlesen werden konnte, weil der Staatsanwalt übersehen hatte, daß eine der Angeklagten, meine Freundin, noch unter das Jugendstrafrecht fiel. Man einigte sich blitzschnell auf eine Einstellung gegen Zahlung von 300 Mark, immerhin das BAföG für einen halben Monat. So kamen wir ohne Vorstrafe und Schaden für die Zukunft davon, die Althistoriker retteten ihre Prüfung für ein paar Semester und Theo konnte endlich sein Examen ablegen. Danach verschlug es ihn in meine Heimat an der Mittelweser, wo sich unsere Wege noch mehrmals, nein, nicht kreuzen, nur fast berühren sollten.

***

Geburtstagsfeier in diesem schmalen überaus renovierungsbedürftigen Fachwerkbau gegenüber vom Rathaus, unten Abstellraum für Transparente, Stangen, Stelltafeln und Freizeitzentrum, oben Wohnung und Freizeitzentrum, Holger zeigte stolz ein Paket herum, angeblich mit einem Commodore VC 20 darin, dem Volkscomputer, „eben von Twele geholt", weigerte sich aber, das Gerät auszupacken, Samos und Dosenbier, den ganzen Abend die erste LP von Ideal, „Blaue Augen", „Rote Liebe", „Hundsgemein". Ich langweilte mich, mochte auch das Zeug nicht trinken, im Zeitungsstapel links vom Sofa fand ich eine alte Ausgabe des „Blick", ein Anzeigenblatt, das damals jeden Sonntag gratis verteilt wurde.

Auf der letzten Seite, angeblich der Kulturteil, ein Artikel über Theo, in dem er als Schriftsteller gefeiert wurde. „Eduard Meyer. Der Professor mit dem großen Herzen" hieß das Buch, das angepriesen wurde. Freilich kannte ich Eduard Meyer, jeder, der damals in Göttingen auf Lehramt studiert hatte, kannte ihn. Ede Meyer Jahrgang 1888, hatte seit 1933 in Heidelberg und Göttingen Philosophie und Psychologie gelehrt, nach 1945 die Entnazifzierung nicht geschafft und hielt zu meiner Zeit nur noch Proseminare ab, vor tausend Teilnehmern im größten Hörsaal des ZHG, weil man den Schein so leicht wie bei keinem anderen bekam und der Besuch zum Kult avanciert war. Einmal im Studentenleben mußte man es erlebt haben, wie er den Hörsaal betrat, seine Frau und seine Sekretärin, angeblich auch seine Geliebte, in gebührendem Abstand mit seinen beiden Aktentaschen hinter ihm, zum Pult schritt und sein Seminar zelebrierte, als sei er eine Pop-Ikone.

Kult, ja, aber „Professor mit dem großen Herzen"? Nur, weil man bei ihm den Schein nachgeworfen bekam? Für jemanden, dessen Karrierehöhepunkt im Dritten Reich gelegen hatte, fand ich es doch übertrieben, lachte laut und zeigte Karl-Heinz, dessen Bart damals noch nicht ganz die ZZ-Top-Länge erreicht hatte, den Artikel. Der mochte gar nicht lachen, vor allem nicht, als er hörte, daß es um Theo ging. Er griff in seine speckige Aktentasche und holte ein Flugblatt hervor, einen hektographierten Zettel mit der Überschrift „Hände weg von unseren Ärschen". Theo war inzwischen Lehrer an der Hindenburgschule, dem Mädchengymnasium, hatte als Leiter der Foto-AG während der Dunkelkammerarbeit allzu engen Kontakt mit seinen Schülerinnen gesucht und dabei wohl auch ihre Hintern angefaßt. Im Flugblatt wurde gefordert, ihn aus dem Schuldienst zu entfernen, man hat ihn aber nur an ein anderes Gymnasium im Südkreis versetzt.

***

Vier Jahre später an einem Montagmorgen im Stadtarchiv: Die Schreibkraft schien müde und mitgenommen und sah sich nicht in der Lage, schon vor der Frühstückspause die Bänder mit den Interviews abzuhören und zu übertragen, erzählte uns stattdessen einige Schnurren vom Schützenfest in Marklohe. Theo war auch da und hat sich nach Mitternacht schon ziemlich schwankend auf der Tanzfläche aufgebaut „Mein Herz ist nur für meine Frau da", die kämpfte damals ihren letzten vergeblichen Kampf gegen ihren Krebs, „mein Schwanz aber für alle Frauen auf der Welt", dabei mit der Linken gestikuliert und das Gleichgewicht gesucht, die Rechte auf die benannten Körperteile gelegt. Einige Männer grölten Beifall, einige Frauen quiekten belustigt, ansonsten blieb sein Auftritt folgenlos.

Theo glaubte so fest an die unterschiedliche Aufgabenstellung von Herz und Schwanz, daß er seine Äußerung in anderer Umgebung wiederholte, in der großen Pause im Lehrerzimmer des Gymnasiums, an das er nach seinen Übergriffen versetzt worden war, Wort für Wort, aber ohne die Gesten. Hier erntete er zunächst nur betretenes Schweigen. Als er dann wenige Wochen später auf einer Klassenfahrt vor den Augen seiner Schülerinnen und Schüler nachts zwei Prostituierte auf sein Zimmer kommen ließ, war es auch mit der Geduld seiner Kollegen vom

Philologenverband zu Ende, sie schwärzten ihn bei der Bezirksregierung an und er wurde an eine Orientierungsstufe versetzt.

***

Als wir wieder einige Jahre später, Anfang der 90er war es, ungenutzte Räume, ja, die gab es damals tatsächlich, in diesem ländlichen Gymnasium anmieteten, um dort Sprachkurse für Spätaussiedler abzuhalten, wußte ich noch nichts von dieser Entwicklung und fragte arglos nach. Nicht aus wirklichem Interesse, sondern um die Situation zu entkrampfen. Mein Gegenüber und Verhandlungspartner war ausgerechnet mein alter Mathematiklehrer aus der 13. Klasse, der mich wenige Monate vor dem Abitur als „Abschaum" bezeichnet hatte, der auf dieser Schule nichts zu suchen habe. Ich erfuhr davon, verließ die Theaterprobe auf der Stelle, stürmte in seinen Physikunterricht: „Was haben Sie gerade über mich gesagt?", lässig mit verschränkten Armen. Er drängte mich aus der Tür und stieß mich die Treppe hinunter: „Du Sau!" Das Verfahren gegen ihn wurde eingestellt, weil ich ja inzwischen mein Abitur bestanden habe, keine Wiederholung mehr drohe und das öffentliche Interesse fehle. Nun saßen wir uns gegenüber und bemühten uns, nichts von dieser mehr als zwei Jahrzehnte zurückliegenden Vergangenheit anzurühren. Meine Frage nach Theo irritierte ihn, er schaute mich prüfend an, als suche er nach einer Falle darin. Nein, nach langer Pause, im Kollegium gebe es niemanden mit diesem Namen.

Er sei ein „ungerechter Arsch" schimpfte die Tochter von Bekannten über ihren Klassenlehrer auf der Orientierungsstufe und so stieß ich im Urlaub auf Langeland bei Wildberry mit Orangensaft auf Eis unverhofft doch noch auf Theos Fährte. Der empfand die Versetzung als Degradierung, sah sich als Opfer nicht seines Verhaltens, sondern einer Intrige der „linken Ideologen von der GEW", und ließ seinen Unmut darüber, tief unter seinem Niveau auch künftige Haupt- und Realschüler unterrichten zu müssen, vor allem an diesen Schülern und ihren Eltern aus. Im Unterricht, im Lehrerzimmer und am liebsten auf Elternversammlungen bezeichnete er sie und in einem Abwasch auch alle, die das an ihm zu kritisieren wagten, als „dumm wie Bohnenstroh" und „unfähig". Als sich die Beschwerden häuften und er deshalb vor die Bezirksregierung zitiert wurde, wiederholte er seine Anwürfe als Tatsachenfeststellungen. „Der merkt die Einschläge nicht mehr", meine Gewährsfrau dazu.

***

Am Ende stürzte Theo doch noch ab. Mit dem Flugzeug und endgültig. Für einen Werbeprospekt wollte er das Fahrgastschiff Nienburg aus der Luft fotografieren, mietete dafür eine zweisitzige einmotorige Cessna samt unerfahrenem gerade einmal 18-jährigen Piloten, bat den, über dem Schiff eine sehr langsame Kurve zu fliegen, damit er besser fotografieren konnte, das Flugzeug schmierte bei diesem Manöver ab, stürzte in die Weser, der Pilot und Theo ertranken. Das sei zwar ein Unglück für seine zweite Frau und seine beiden Töchter, für mich aber eine unverhoffte Chance, es doch noch in den Schuldienst zu schaffen, ich müsse mich nur auf die freiwerdende Stelle bewerben, setzten mir einige seiner Kollegen aus meinem Freundeskreis im Verein mit meiner Frau zu. Ich ließ mich überreden und bewarb mich, ungern und mit halbem Herzen nur, und wurde zu meinem Glück auch nicht genommen.

II. Orte

Zwei Lokale

Unten war die Tilly-Klause: viel dunkles Holz, tief hängende Lampen, Zigarettenqualm, Remmer. Das tranken wir und sangen dazu unser Lied:

Remmerbier, Remmerbier trink ich gerne,
Remmerbier, Remmerbier hat keine Kerne,
Remmerbier, Remmerbier, das fließt munter
unsre Kehle rauf und runter.

Wir rauchten Gauloises, Roth-Händle oder Pfeife – natürlich nur mit Tabaken, die uns Moppel aus England mitbrachte – und gründeten eines Tages, als wir zufällig zu viert waren, den Remmer-Club. Abzeichen und intellektuelles Feigenblatt war das Pardon-Teufelchen, das mußte in jeder Lebenslage verdeckt getragen werden. Wer den Button einmal vergessen hatte oder ihn offen trug, zahlte als Strafe fünfzig Pfennig in die Clubkasse. Eine Erweiterung der Mitgliederzahl war nicht vorgesehen, wir wollten exklusiv bleiben, aber Andreas, bei der Gründung nur zufällig nicht dabei, drängte auf offizielle Aufnahme. „Zur Abschreckung", so Moppel, „damit das nicht einreißt", wurde eine Aufnahmeprüfung ausgeheckt.

Wir fuhren zum Heiratsmarkt nach Bruchhausen-Vilsen, der nächste Ort, an dem es Remmer gab, der arme Andreas mußte fünf halbe Liter von diesem Stoff trinken und anschließend Achterbahn fahren, ohne ihn wieder von sich zu geben. Er schaffte es, bekam den Button mit dem Pardon-Teufelchen überreicht und mußte anschließend „dringend" zum Toilettenwagen. Außer ihm hat es niemand mehr versucht.

***

Oben, eine schmale, gewundene Treppe führte hinauf, war der Scandia-Club, eine kleine Diskothek. Wenn wir hineingingen, tranken wir Chivas Regal und beobachteten, wie man auf der kleinen, viel zu engen Tanzfläche versuchte, sich nach „Green Tambourine", „I Heard It Through The Grapevine" oder Max Romeos „Wet Dream", das im Radio nicht gespielt werden durfte, noch nicht einmal der Titel angesagt, zu bewegen.

Meist aber, jedenfalls, wenn wir mit dem Remmer-Club unterwegs waren, blieben wir draußen, lehnten uns im Flur vor der Kasse lässig an die Wand und ließen uns dort Bommerlunder mit Pflaume servieren, den wir nach einem strengen Ritual tranken: Glas in die Linke, Holzstäbchen mit Pflaume mit der Rechten zum Mund führen, Pflaume mit dem Mund vom Stäbchen abstreifen, Stäbchen knicken, in der Hand behalten, Pflaume zerkauen, Bommerlunder darübergießen, geknicktes Stäbchen ins leere Glas, Gläser zurück, neue Runde. Wer dabei einen Fehler machte, mußte diese nächste Runde bezahlen.

Kein Sport für einen hektischen Grobmotoriker. Ich glaube, es war immer billiger für mich, hineinzugehen und den Eintritt zu bezahlen, aber dann wären mir auch die tiefschürfenden Gespräche untereinander und die Plaudereien mit den Hineingehenden und Herauskommenden entgangen.

Café Perdoni

Wer sich für fortschrittlich hielt, Drogen nahm, politisch aktiv war, antiautoritär und links natürlich, etwas anderes zählte nicht, progressive Musik hörte, ging ins Marchioni in der Leinstraße. Dort trafen sich diese Szenen in rauchgeschwängerter Luft, es war immer voll, in der Musikbox gab es auch Hendrix, Zappa, Janis Joplin oder „Who Do You Love" von Quicksilver Messenger Service.

Das Café von Ricco Perdoni nur vier Häuser weiter an der Ecke Carl-Schütte-Straße, vielleicht wäre ich nie hingegangen, aber als ich eines Mittags zum Bahnhof ging, erst noch gemeinsam mit Steffi und Rex, dann ein paar Meter bis zur Parkstraße allein mit Conny, und sie strahlte, ja, himmelte mich so unverschämt mit leicht geneigtem Blondkopf an, daß ich Mut faßte und sie um ein Treffen am nächsten Nachmittag bat. Zu Marchioni wollte sie nicht, da seien zu viele Leute, die uns kannten, blieb das Perdoni, da konnten unsere feuchten Hände halbwegs unbeobachtet zueinander finden. Wir trafen uns von diesem Tag an regelmäßig dort, erst nachmittags ein- oder zweimal in der Woche allein miteinander, dann, als sie mit Andreas Schluß gemacht hatte und nichts mehr verheimlicht werden mußte, fast täglich nach der Schule. Der Kreis erweiterte sich, blieb aber bis zum Schluß begrenzt auf Schüler der Klasse 12 ml der Albert-Schweitzer-Schule, Gymnasium für Jungen, Manni, Andreas, Moppel, Heiner, ich, und Schülerinnen der Klasse 11 a der Hindenburgschule, Gymnasium für Mädchen, Conny, Sabine, Steffi, Inge, Christine, Anke, beide Schulen nur getrennt durch den Stadtgraben und gegenseitig nur mit Passierscheinen betretbar.

Unser Stammtisch blieb der große runde Tisch hinten links in der Ecke, an den sich Conny und ich bei unserem ersten Rendezvous gesetzt hatten, so gut wie uneinsehbar von der Theke und den anderen Tischen im vorderen Teil, besser zu sehen von den Tischen im Gang der nach rechts abging, aber die waren höchstens am Wochenende besetzt. Die Leute auf der Straße konnten wir durch das riesige Fenster gut beobachten, was uns dazu verleitete, mit der Beaulieu, die wir uns bei einem nächtlichen Abenteuer aus der Schule besorgt hatten, versteckte Kamera zu spielen. Wir legten rohe Eier auf den Gehsteig, immer nur eines auf einmal, und filmten die Passanten. Die meisten ignorierten die Eier, einige wichen ihnen vorsichtig aus, zwei warfen die Eier auf die Straße und erfreuten sich daran, wie sie zerplatzten, ein Mann hob das Ei auf, betrachtete es eingehend und mißtrauisch, sah sich verstohlen um, legte es vorsichtig auf den Gehsteig zurück, eine Frau mit einem Einkaufskorb hob das Ei auf und legte es in den Korb, als sei es das Selbstverständliche der Welt, rohe Eier auf dem Gehsteig zu finden, acht Minuten später auf dem Rückweg legte sie auch unser letztes Ei in ihren Korb, wieder ohne eine Miene zu verziehen.

Ricco Perdonis Vater Antonio war 1904 als Fünfundzwanzigjähriger nach Deutschland gekommen, hatte es als Terrazzoleger zu einigem Wohlstand gebracht und in den 1930ern sein Eiscafé eröffnet. Ob Ricco noch Terrazzo verlegen konnte oder nur Eis machen, müßte eigentlich mein Schwiegervater wissen, aber der lebt nicht mehr, die Geschäfte liefen jedenfalls längst nicht mehr so gut wie zu den Glanzzeiten.

Laila, nur die eine Nacht erwähle mich
Küsse mich und quäle mich
Denn ich liebe nur Dich
Oh Laila

Im Café Perdoni gab es keine Musikbox, nur um die Ecke auf einem Regal einen Plattenspieler und ein paar alte Schlagerplatten. Wenn der alte Perdoni nachmittags anwesend war und wir lange genug bettelten: „Die verbotene Platte, bitte, die verbotene Platte", legte er „Laila" von Bruno Majcherek & Die Regento Stars auf, 1961 42 Wochen an der Spitze der Hitparaden, von vielen Radiosendern boykottiert und zeitweise auf dem Index, und wir sangen den Refrain mit.

Riccos Frau, Vorname vergessen, größer als er, blond, hochtoupiert, eine stolze, warmherzige Erscheinung, war fast immer anzutreffen, während er oft seinen Hut vom Ständer nahm, aufsetzte, an die Krempe tippte und sich mit diesem leichten Gruß zum Plausch mit seinen italienischen Kollegen aufmachte.

Am Wochenende, nur selten in der Woche, war da noch Rita, dunkelhaarige, klein, mollig, allein, die Bedienung, die ein trauriges Geheimnis umgab. Einst war sie sehr kurz Riccos Freundin, doch wie der „Spiegel" Nr. 51 von 1951 zu berichten wußte, war ihre dritte große Liebe, der Paketbombenattentäter Erich von Halacz, ihr Schicksal, er wurde kurz vor ihrer Verlobung verhaftet und auch ihr falsches Alibi konnte ihn nicht mehr retten.

Im Café Perdoni bediente die heute 19jährige Rita Biermann aus der Karl-Schütte-Straße, gegenüber dem Gaswerk. Mitte August 1951 sprach Erich das Mädchen zum ersten Mal: „Na, Sie kleines Biest, bringen Sie mir mal ne Tasse Kaffee." Diese Anrede von Halacz gefiel ihr: „Es war so etwas anderes als sonst." Und als er noch sagte: „Wann treffen wir uns", verabredete sie sich gleich nach Dienstschluß für den selben Abend. Rita: „Es war Liebe auf den ersten Blick."

Es war nicht die erste Liebe auf den ersten Blick der 19jährigen Rita. Ihre erste große Liebe war ein Lebkuchenfabrikant. Rita war nach ihrer Volksschulzeit zwei Jahre im Haushalt gewesen und reiste dann mit Verwandten, die Schausteller waren und auf den Jahrmärkten der Umgebung Süßigkeiten verkauften, durch Norddeutschland. Der Lebkuchenfabrikant immer mit. „Ja, wir hatten uns sehr gern." Rita war 16 Jahre alt.

Ihre zweite große Liebe war ("Nach einem Intermezzo mit Eiskonditor Perdoni") der Sohn eines Möbelfabrikanten. Rita: „Es war Liebe auf den ersten Blick." Aber die Eltern waren dagegen. „Als ich einsah, daß es keinen Zweck mehr hatte, machte ich Schluß."

Die dritte große Liebe war von Halacz. „Ich habe eben immer Pech mit meinen Männern."

Erich nannte Rita „Baby". Sie erzählt, daß er immer nett zu ihr war, so schön lachen konnte und immer viel erzählte. Rita, keine Leuchte des Geistes, sah in dem charmanten jungen Adligen den Mann, der sie zu dem „erstrebten Höheren" führen würde. Wenn sie abends durch die Straßen bummelten, sagte von Halacz ihr, daß sie nur noch Pelze und große Abendkleider tragen würde. „Du sollst es gut bei mir haben."

SPIEGEL Nr. 51 1951

Manchmal half auch die Tochter aus, Eva Maria Bianca Pia, rothaarig, stolz wie ihre Mutter, die auch wie Conny, Sabine, Steffi und Inge in die 11a ging und nicht verstand, wie wir uns in dieser Wohnzimmeratmospäre bei ihrem reaktionären Vater und seinen schrecklichen Schlagerplatten wohlfühlen konnten. Sie selbst ging nur ins Marchioni. Ihre Eltern hielten sie sehr streng und wehe, sie hätten jemals erfahren, daß sie manchmal nachts Herrenbesuch empfing, ich weiß es nur von Ahab, der zu den Auserwählten gehörte, die sich über den Hinterhof und eine Leiter in ihr Zimmer schleichen durften.

Als wir dann 1970 das Abitur geschafft hatten, feierten wir das Ereignis in größerer Runde im Café Perdoni, ließen die Sektkorken knallen, Ricco mußte „Laila" auflegen, waren ausgelassen, bis dann plötzlich meine Mutter auftauchte, einen Brief in der Hand, der gerade angekommen war, vom Kreiswehrersatzamt, meine Einberufung, und zumindest meine Stimmung auf den Nullpunkt sinken ließ.

Göttingen

Ein früher Freitagabend im Januar 1971, von Osnabrück bis Altenbeken fuhr wenigstens ein Bummelzug, dann mußte ich umsteigen und es ging noch langsamer voran. Eine schier endlose Fahrt durch Südniedersachsen, im Bus war es genauso dunkel und langweilig wie draußen, hin und wieder eine Ortschaft, trübe Straßenbeleuchtung, öde Haltestellen, Fachwerk und eternitvernageltes Fachwerk.

Vom Busbahnhof fragte ich mich durch zur Klinkerfuesstraße. Es gab ein Klingelschild, auf dem „Mierwald" stand, unzweifelhaft, Gaggi wohnte hier, mit ihm und Ahab zusammen hatte ich ein paar Wochen vorher meinen ersten Trip eingeworfen, das Datum stimmte auch. Trotz Sturmklingeln, es war kalt, öffnete niemand, zurück in die Stadt, in den Nörgelbuff, den einzigen Ort in Göttingen, von dem ich schon gehört hatte. Im Spätsommer im Jazz-Club, als Rolf Linnemann dort aufgetreten war, zu nachmitternächtlicher Stunde, zwischen den Zugaben „Flipper, Flipper, der Freund aller Kinder" und „Ja, die Lipper, die sind da" hatte er von seinem eigenen Club in Göttingen erzählt, benannt nach dänischen Steintrollen. Wegen Andreas hatte ich nur Fetzen mitbekommen, er mußte uns während dieser Zwischenansagen unbedingt seinen fast unsichtbaren Bauchansatz präsentieren, der sei ihm in den paar Monaten seit dem Abitur als Ausweis seines Austritts aus der aufmüpfigen Unruhe der Jugend und nunmehr Eintritts in die behäbigere Erwachsenenwelt gewachsen. Ich hatte nichts dergleichen aufzuweisen damals, war in der Grundausbildung auf siebzig Kilo heruntertrainiert.

In der Groner Straße 23 am Aushangkasten, in dem für Freitagabend Blues angekündigt wurde, vorbei, eine Treppe hinunter. Der Keller war um diese Zeit noch fast leer, fest entschlossen, mir auch eine gutbürgerliche Plauze zuzulegen wie Andreas, trank ich schnell hintereinander zwei Bier, versuchte es danach noch einmal in der Klinkerfuesstraße, vergeblich.

Cause you know I'm here
Everybody knows I'm here
Yeah, you know I'm a hoochie coochie man
Everybody knows I'm here

Als ich zurückkam, war der Laden gut gefüllt und ein Farbiger mit starker Stimme spielte Chicago Blues am Klavier. Ich war beeindruckt und blieb, bis er den letzten Ton angeschlagen hatte und noch ein Bier darüber hinaus. Dann entschloß ich mich zur Heimfahrt.

Der Fahrplan sagte mir, daß der erste Zug Richtung Hannover erst in vier Stunden fuhr, die Bahnhofshalle kalt und abweisend, der Wartesaal geschlossen, links neben der Tür ein Getränkeautomat. Ich zog mir einen Tomatensaft, trank gerade den ersten Schluck, als mich ein Krawattenträger Ende dreißig, dunkler Mantel über dem Anzug, geputzte Schuhe, von der Seite anmachte: „Den trinke ich hier auch immer, der ist wirklich gut. Kann ich nur empfehlen." Es wäre doch „ungemütlich", hier auf den ersten Morgenzug zu warten, die „Kupferkanne" habe noch auf, da sei „noch was los", keine Bange, ich sei eingeladen, Eintritt und Getränke übernehme er.

Wieder ging es eine Treppe hinunter in den Göttinger Untergrund. Dem Wächter am Einlaß gefiel mein Aufzug nicht: Jeans, kniehohe Wildlederstiefel, Pullover, Afghanenmantel, zumindest eine Krawatte solle ich mir umbinden. Mein Begleiter faltete einen Zwanzigmarkschein viermal und drückte ihn dem Türsteher in die Hand. Es sei schon nach Mitternacht, da solle er sich nicht so anstellen. Mit der Andeutung einer Verbeugung wurden wir durchgelassen. Die Musik, die Einrichtung, das Licht, die anderen Gäste, nichts an diesem Ort, angeblich eine Diskothek, gefiel mir, aber es war auch nicht mein Geld, das hier ausgegeben wurde, und besser als in der zugigen Bahnhofshalle war es allemal. Wir setzten uns an die Bar und tranken mehrere Chivas Regal.

Kurz nach elf weckte mich eine Autohupe. Ich lag vollständig bekleidet, nur mit einer dünnen Wolldecke bedeckt, auf einem schmalen Bett in einem Jugend- oder Gästezimmer, sprang auf und geriet sofort in Panik. Außer mir befand sich niemand in dieser mir unbekannten Dreizimmerwohnung. In der Küche eine volle Kanne Kaffee verlockend in der Maschine, noch sehr heiß, ich nahm den Filter herunter, holte eine Tasse aus dem Schrank, goß ein, trank sie hastig halb aus. Im Flur mein Afghanenmantel ordentlich am Haken, lose übergehängt, ein Griff an die Gesäßtasche, das Portemonnaie war noch da, raus aus der Wohnung, zwei Treppen hinunter, auf der letzten kam mir mein nächtlicher Begleiter entgegen, eine Brötchentüte in der Hand. „Muß los", halblaut im Vorbeistürmen gemurmelt, schon war ich draußen auf der Straße. Um die Ecke eine Haltestelle, der Bus fünf Minuten später fuhr glücklicherweise in die richtige Richtung.

Fehlanzeige auch beim dritten Versuch in der Klinkerfuesstraße. Ich schlenderte nun bei Tageslicht über die Groner und die Weender Straße, im Bratwurstglöckle eine doppelte Wurst im Stehen, im Kino in der Kronenpassage lief in der Nachmittagskindervorstellung der erste Asterix, den ich noch nicht kannte, und half mir, siebzig Minuten unterhaltsam zu überbrücken. Als ich es fast schon aufgegeben hatte und nur noch kurz zum Deutschen Theater unterwegs war, wenigstens von außen wollte ich es sehen, kamen mir auf der anderen Straßenseite Ahab und Gaggi entgegen, winkten mich zu sich, erstaunt, mich doch noch an diesem Wochenende in Göttingen zu sehen. Sie hatten mir die falsche Adresse gegeben, Gaggi war zwar in der Klinkerfuesstraße gemeldet, konnte aber gerade jetzt im Winter das Geld für die Münzheizung nicht aufbringen und war vorübergehend in einer WG direkt am Nabel untergekommen.

Da saß ich dann in spartanischer Leere am Küchentisch und langweilte mich den Rest des Wochenendes, nachdem ich das einzige Buch, das in dieser Studentenwohngemeinschaft aufzufinden war, „Der kleine Muck" von Wilhelm Hauff im billigen Pappeinband, dreimal aufmerksamst durchgelesen hatte.

Osnabrück

Kopftreffer waren nicht erlaubt, mein Gegner reichte mir nur bis ans Kinn, seine Arme viel kürzer als meine, trotzdem hatte er mich nach zwei Minuten in die Ecke des aus Stuhllehnen, Betten und dem Kampfrichtertisch improvisierten Rings gedrängt, ich konnte meine Arme kaum noch heben und mußte die auf meinen Brustkorb einprasselnden Schläge ohne Gegenwehr hinnehmen. Die Zuschauer, dicht gedrängt auf den zehn Betten in unserer Stube in der General-von-Stein-Kaserne, alle wie wir zur Teilnahme an den beiden San-Lehrgängen hierher abkommandiert, johlten und feuerten uns an, Lothar, mich endlich auf die Bretter zu schicken, mich, durchzuhalten und zum Gegenschlag auszuholen.

Eine Mark Eintritt hatten wir ihnen abgeknöpft für diesen

Kampfabend und jetzt, im Finale, bekamen sie endlich etwas zu sehen für ihr Geld. Von Gerd kam die Idee, von Lothar, der als einziger etwas vom Boxen verstand, er trainierte in einem Verein und hatte auch schon ein halbes Dutzend Kämpfe Erfahrung, die beiden Paar Boxhandschuhe, acht von uns stellten sich als Kämpfer zur Verfügung, zwei als Kampfgericht. Eine Runde zu drei Minuten sollte jeder Kampf dauern, aber bisher waren erst zwei über die volle Distanz gegangen. Mein Auftaktgegner floh schon nach meinem ersten schwachen Treffer aus dem Ring, im Halbfinale stand ich unserem Riesen gegenüber, eins fünfundneunzig und hundert Kilo, der war aber zu unbeweglich und gab schon nach 90 Sekunden auf, Lothar war zweimal durch Solarplexus-Treffer nach noch nicht einmal einer halben Minute erfolgreich.

Ich wankte nicht und schaffte es bis zum Gong, ein Kaffeehaustablett aus Edelstahl, das Gerd aus der Kantine besorgt hatte. Zu meiner Überraschung wurde der Kampf unentschieden gewertet, ausdrücklich wegen meiner „Tapferkeit", und Lothar zum Turniersieger erklärt, ein Revanchekampf für die nächste Woche angesetzt, Gerd witterte ein Geschäft. Doch dazu kam es nicht mehr. Unter der Dusche schmerzte mein Oberkörper höllisch, beim Versuch, mich einzuseifen, glitschte mir die Fa aus der Hand, ich war nicht mehr in der Lage, mich zu bücken und sie aufzuheben, und mußte mir sogar beim Abtrocknen helfen lassen, „Vorsicht, Vorsicht", hörte ich mich jammern.

Am nächsten Morgen kam ich kaum aus dem Bett, es half nichts, ich mußte mich auf dem Krankenrevier melden und dem Arzt eine Lügengeschichte auftischen von einem freundschaftlich gemeinten Stoß vor die Brust, „nur einer, wirklich", mit der Wahrheit wären wir alle in Teufels Küche gekommen, man ließ grinsend durchblicken, das mir das nicht abgenommen wurde, hakte aber nicht nach. Beim Röntgen stelle sich heraus, daß ein winziges dreieckiges Stück aus dem Brustbein gebrochen war und sich ein wenig schräg gestellt hatte. Ich wurde zu einer Woche absoluter Bettruhe verdonnert, Husten verboten, und bekam Codeintabletten.

Da lag ich nun sieben Tage flach und durfte mich nicht rühren. Ich sehnte mich nach dem langweiligen Unterricht bei den Sanitätsfeldwebeln und nach dem Küchenbullen, der nach den Mahlzeiten von Tisch zu Tisch lief und uns einzeln zu Beurteilung und Kritik seiner Kochkünste aufforderte, als wären wir keine niederen Dienstgrade bei der Bundeswehr, sondern Restaurantkritiker, die Sterne zu vergeben hatten. Die Zigaretten, die ich in dieser Woche nicht rauchen durfte, vermißte ich zu meiner Überraschung weniger als unser Laufen nach Feierabend, der erste halbe Kilometer eine schöne Steigung, die mich jede einzelne Roth-Händle meines Lebens verfluchen ließ. Nach dem Abendsport besuchte mich der Haufen zwar jeden Tag und leistete mir eine halbe Stunde Gesellschaft, zog dann aber ohne mich weiter in die Stadt.

Am Sonntag zuvor war ich mit Otto, meinem Bruder und dem Gönner auf einem „Beat-Nachmittag" der Landjugend in Deblinghausen, Karnevalsveranstaltung ohne Verkleidung, und hatte dort eine Karin kennengelernt, dunkelblond, ihr dunkelblauer Redingote im schönsten Kontrast zu meinem Afghanenmantel, an viel mehr erinnere ich mich nicht, die drei fuhren ohne mich zurück, ich ließ mich von ihr zum Bahnhof bringen, ein kleiner Abstecher auf einen einsamen Feldweg, wir vergnügten uns eine halbe Stunde und verabredeten uns für den Sonnabend, wieder im Lindenhof.

Nun wartete sie vergeblich auf mich, ich hatte ihr auch keine Nachricht zukommen lassen, möglich gewesen wäre es, denn Friedhelm aus Liebenau, zwei Stuben weiter, zahlender Zuschauer bei unserem Preisboxen, war ihr Cousin, das hatten wir am Sonntag herausgefunden. An den letzten Wochenenden war ich immer mit ihm nach Hause gefahren, in seinem roten NSU TT, offene Heckklappe für die Luftzufuhr, verdammt schnell, von Osnabrück über Espelkamp und die Dörfer des Südkreises nach Nienburg in 75 Minuten, kaum waren wir wieder in Niedersachsen wurde die Straße sichtbar schlechter, ab Lavelsloh war mit Hühnern auf der Fahrbahn zu rechnen, wenn Friedhelm in Warmsen aus Sicherheitsgründen auf 100 abbremste, kam es mir vor, als schlichen wir nur noch dahin.

Am nächsten Wochenende durfte ich wieder nach Hause, gemütlich mit der Bahn, denn für meinen rasenden Chauffeur ging es am Donnerstag wieder in seine Einheit zurück, für mich ab Freitag mit dem Lehrgang II weiter. Auf dem Küchentisch lag ein Brief von Karin, Montag geschrieben, Mittwoch angekommen, halb heißer Liebesbrief, halb Vorwurf und Abschied, ich legte ihn beiseite, zu einer Antwort konnte ich mich nicht aufraffen, und beschloß, an einem der verbleibenden Wochenenden in Osnabrück herumzustromern und die Stadt allein zu entdecken.

Jeans, kniehohe Wildlederstiefel, Pullover, Afghanenmantel, die Frisur immer noch recht kurz, aber schon ein paar Millimeter länger als vier Wochen zuvor bei meinem Göttinger Abenteuer, so marschierte ich am ersten Märzsamstag in die Osnabrücker Innenstadt ein. Die Diskothek, in der wir die ruppertsche Anbaggertechnik, zwei Männer sprechen zwei Freundinnen an, „das vervierfacht die Chancen", oft genug vergebens ausprobiert hatten, war meine dritte Station. Der Fernseher über dem Eingang war an die Anlage angeschlossen und oszillierte die Musik in schwarz-weißen rhythmischen Bildstörungen, der Laden war gerammelt voll, aber es wurde nichts aufgelegt, was mich zum Tanzen animierte, und ich fand auch sonst keinen Anschluß. Weit vor Mitternacht hatte ich genug davon und machte mich zu Fuß auf den Rückweg.

Am Rand der Altstadt in einer Brücke über die Straße eine Bar, es herrschte noch Betrieb, freundliches Licht drang durch die Scheiben und lockte mich zu einem Absacker hinauf. An der Theke außer mir nur ein Mann Ende zwanzig im schwarzen Rollkragenpullover. Er prostete mir zu. „Wenn Sie noch etwas erleben wollen heute Nacht, im Western-Club fängt das Leben um diese Zeit erst an. Kommen Sie mit." Wir zahlten und machten uns auf den Weg.

Der Western-Club entpuppte sich wieder als Keller. Großes Hallo, ihn schienen alle hier zu kennen, die meisten begrüßte er einzeln, die Frauen sahen freundlich durch mich hindurch. Nach mehreren Cola-Rum hatte ich genug und legte mir den Afghanenmantel über die Schultern. „Komm her, ich begleite Dich ein Stück, wir haben denselben Weg." Nach ein paar hundert Metern durch unbekannte Straßen: Ich bräuchte nicht in die „blöde Kaserne" zurück, könne auch bei ihm übernachten, das wäre „ganz bestimmt" komfortabler. Als ich zustimmte, standen wir schon vor dem Haus.

Das Nachtlager auf einer Matratze zu ebener Erde, er legte sich an meine Seite und fing sofort an, mich zu befummeln. Ich rückte ab und erklärte ihm, daß es mir leid tue, ich aber nur Frauen liebe. Er schien einsichtig, bettelte aber darum, mich wenigstens „ein klein wenig" am Bauch berühren zu dürfen, „ohne Hintergedanken". Ich erlaubte es ihm mitleidig, er konnte nicht an sich halten, glitt mit der Hand tiefer, ich warf ihn von der Matratze, er beschimpfte mich jetzt wütend, ich sei ein intoleranter Spießer, der etwas gegen Schwule habe, dann wieder bettelnd, er möchte doch nur neben mir liegen, verspreche mir auch, mich nicht mehr anzufassen. Er kroch neben mich und versuchte es auch tatsächlich nicht mehr.

Einschlafen konnte ich nicht mehr. Ich lag bis halb sieben angespannt wach, auch als er schon längst ruhig und gleichmäßig atmete, stand dann auf, sammelte meine Sachen zusammen, schlich mich aus der Wohnung und stiefelte durch einen grauen Morgen zur Kaserne. Zehn Tage später sah ich ihn dann noch einmal, im Theater, „Jagdszenen aus Niederbayern". Bis heute ist mir ein Rätsel, wie er es geschafft hat, ausgerechnet, den Platz neben mir zu ergattern.

Berlin!! Berlin!!! Berlin!

Ostern 1963

Das erste Mal in meinem Leben kam ich Karfreitag 1963 nach Berlin, mit einer kirchlichen Jugendgruppe, in einem Reisebus der Firma Bohm aus Uchte. Wir übernachteten in einem Evangelischen Studentenwohnheim: die Villa Axel Cäsar Springers in der Bernadottestraße in Sichtweite; das wurde vom Reiseleiter noch mit Stolz verkündet, daß uns großes Glück zuteilwerde, in einem so schönen, gerade neu erbauten Wohnheim in derart prominenter Nachbarschaft beherbergt zu werden, ja, damals glänzte der Name Springer noch, die Frontstadt fühlte sich geehrt, daß er hier seine Zelte aufgeschlagen hatte.

Von den vielen witzig gemeinten Spitznamen für die Gebäude, an denen wir während der Stadtrundfahrt vorbeifuhren, ist kein einziger hängengeblieben, allein an das Aschinger kann ich mich noch erinnern, wo man gleichermaßen billig wie gut essen könne, wenn man knapp bei Kasse sei, „und wer ist das nicht, hahaha", vor allem die Erbsensuppe mit Bierwürsten sei weltweit berühmt. Gegessen haben wir dort dann doch nicht, stattdessen das erste und das letzte Mal in meinem Leben in einem Wienerwald. Um mich in diesem Augenblick als Mann von Welt zu fühlen, fehlte mir nur noch das Pepitahütchen.

Die Mauer stand auch auf dem Programm. Eine Treppe hoch auf eine Aussichtsplattform, ein doch eher langweiliger Ausblick, ich habe dann noch meine Fäuste geballt und „Ihr Schweine!" geknurrt, das, weil der Zwillingsbruder meines Vaters, Major bei den Grenztruppen, kurz zuvor unter mysteriösen Umständen ums Leben gekommen war. Der Kettenraucher, 80 Stück am Tag, soll nachts im Schlaf aufgeschreckt sein, „Alarm! Alarm!" gerufen, unters Kopfkissen gegriffen und sich mit seiner Dienstwaffe „aus Versehen" in den Kopf geschossen haben. Mein Cousin hat später bei der Staatssicherheit angeheuert, um in irgendwelchen geheimen Unterlagen die Wahrheit über den Tod seines Vaters herauszufinden, die Wende ist ihm dann aber nicht nur in dieser Angelegenheit dazwischengekommen.

Der eigentliche Zweck der Reise aber und der Grund, aus dem mir als noch nicht einmal 14-jährigen erlaubt wurde, an der Fahrt teilzunehmen, war ein Suchauftrag, den mir meine Mutter mit auf den Weg gegeben hatte. Im Krieg hatte es sie von Wolhynien über den Warthegau in die Tschechei verschlagen, wo sie meinen Vater kennengelernt, aber für Jahre wieder aus den Augen verloren hat, von dort nach Seifhennersdorf und gleich nach dem Kriegsende dann nach Berlin.

Hier war meine Mutter als Dienstmädchen bei einem jüdischen Ehepaar angestellt, das sich in den Kriegsjahren erfolgreich versteckt und sein altes Kaufhaus wieder übernommen hatte. Tagsüber hielt sie den beiden den Haushalt in Ordnung, abends und nachts, vor allem, war sie als Botin für Schwarzmarktgeschäfte unterwegs: Schokolade, Nylons, Zigaretten, Dollarbündel, stets in einer schäbigen Aktentasche verstaut, die sie in der Straßenbahn in Reichweite, aber unauffälliger Entfernung ablegen sollte, nicht etwa ängstlich behüten, damit niemand auf die Idee käme, es befinde sich etwas Wertvolles darin. Hauptumschlagplatz war die Femina-Bar, Paul Kuhn saß damals dort am Klavier.

Ich sollte nun nachsehen, ob es das Kaufhaus noch gebe, und eventuell dem Ehepaar die Grüße meiner Mutter übermitteln. Der vorletzte Tag stand zu unserer freien Verfügung, ich hatte Zeit für den Auftrag und setzte mich in die Linie, die mir meine Mutter auf einen Zettel geschrieben hatte. Es war tatsächlich immer noch die richtige Bahn, der freundliche Mann, bei dem ich mich erkundigte, an welcher Station ich aussteigen müsse, kannte sogar das Kaufhaus noch, es sei jetzt aber ein anderes Geschäft in den Räumen, wo die alten Besitzer zu finden seien, wisse er nicht.

Auch gut, ändere ich halt meinen Plan, dachte ich, und beschloß, Ostberlin zu besuchen. Ich hatte gehört, an der U-

Bahn-Station Friedrichstraße gebe es eine Grenzübergangs-
stelle. Da stand ich nun einsam und verloren auf diesem Bahn-
steig und sprach einen Uniformierten an, der aussah wie ein
Grenzer: „Ich komme aus der Bee Err Dee", so langsam, ge-
dehnt und deutlich wie möglich, um meine freundliche Gesin-
nung, wenn nicht Sympathie zum Ausdruck zu bringen, „und
möchte die DDR besuchen", bis 1989 sagte ich aus Prinzip nur
„DDR", seit Oktober 1990 sage ich bis heute, ebenso aus Prinzip, nur noch „Ostzone". Das sei an dieser Stelle doch möglich,
setzte ich eher zaghaft nach. Der Uniformträger wies mich
barsch ab, ich mußte mit der nächsten Bahn zurück.

So habe ich bis heute weder bei Aschinger gegessen noch
dieses Kaufhaus oder seine Besitzer gefunden noch auch nur
einen Fuß in einen Bezirk jenseits der Mauer gesetzt.

***

Jahrhundertwinter 1978/79

Kurz vor Weihnachten ereilte uns der Hilferuf der Berliner
Genossen. Sie wollten unbedingt zur Wahl zum Abgeordne-
tenhaus im März in allen Bezirken mit einer Liste kandidieren
und brauchten dazu Unterschriften, Unterschriften, Unterschriften. Wir fuhren mit drei Wagen los in die härtesten Wochen meines Lebens.

Es begann aber warm und gemütlich. Joachim lotste uns
gleich nach dem Grenzübergang Wartha-Herleshausen in eine
Gaststätte, in der wir uns für wenige Mark an Wildschweinbra-
ten, Thüringer Klößen und Rotkraut satt aßen. In Berlin hin-
gegen wurden wir, noch ehe wir Quartier nehmen konnten,
nach Steglitz dirigiert, einen Stand aufbauen und die Passanten
um Unterschriften anhauen. Bei minus 20° C im Freien. Niemand von uns hatte an langes Unterzeug gedacht und wir fro-
ren erbärmlich. Zum Glück gab es auf der anderen Seite des
Platzes ein kleines Textilgeschäft, da marschierten wir nachei-
nander hinein, Natascha, die amerikanische Genossin von

Landwirten, als Avantgarde voran, kauften uns lange Unterhosen und zogen sie unter dem Grinsen des Personals auch gleich dort an.

Untergebracht waren wir bei Genossen mitten in Kreuzberg nahe der Oranienstraße. Allerdings sahen wir von Kreuzberg in diesen beiden Wochen fast nichts, schliefen nur dort und gingen jeden zweiten Abend irgendwo etwas essen. „Wenn das Gyros zehn Mark kostet, ist der Laden in Ordnung", lautete der Ratschlag für die Restaurantauswahl und für das Überleben im Großstadtdschungel.

Ansonsten sammelten wir von morgens bis abends Unterschriften, durchkämmten die Bezirke systematisch, kämpften uns von Tür zu Tür, manche Gebiete nahmen wir uns auch ein zweites Mal vor, wenn die Unterschriften nicht reichen wollten. Meist bissen wir auf Granit, kaum einmal hatte ich es so leicht wie bei der zierlichen Frau Ende zwanzig mit dem engelhaften Gesicht, die mich freundlich lächelnd in ihre Wohnung bat, als sei ich erwarteter und lieber Besuch, mir sofort eine Unterschrift gab, ich mußte nichts erklären, und sogar eine KVZ abkaufte … erst viel später ist mir aufgegangen, daß Unterschrift und Kauf vielleicht gar nicht politisch motiviert waren.

Irgendwo in Neukölln. An der Tür ein Mann Anfang dreißig, der ein Feinripp-Unterhemd über der altmodischen braunen Cordhose trug. Im Wohnzimmer auf der Couch ein gleichaltriger, gleich angezogener Mann. Auf dem Tisch zwei Flaschen Bier, geöffnet, vielleicht zweieinhalb Schlucke weggetrunken, zwei Untertassen mit Napfkuchen. Sie saßen nebeneinander wie ein altes Ehepaar, sie boten mir den Sessel gegenüber an und Kuchen, kein Bier. Ich lehnte ab. Hinter mir lief der Fernseher.

Sie ließen mich reden. Höflich. Zurückhaltend. Keine Fragen. Dann aus dem Nichts: „Wir sehen, daß Sie ein Mensch guten Willens sind." Das dicke Buch auf dem Couchtisch entpuppte sich als Bibel. Ich wollte ihre Unterschriften, sie wollten meine Seele retten und mir den Wachturm verkaufen. Eine Stunde redeten wir aneinander vorbei. Dann verließ ich die beiden. Im Fernseher lief gerade David Copperfield.

Irgendwo in Schöneberg. Im zweiten Stock klingelte ich zuerst rechts. Die Frau war freundlich, wollte aber nicht unterschreiben, warnte mich noch davor, es an der mittleren Wohnung zu versuchen: „Der Mensch is gefährlich. Bleiben Se lieber da weg." Ich klingelte trotzdem. Ein Mann Ende dreißig, nur mit einer Leopardenunterhose und einem Leopardenumhang bekleidet, grinste über das ganze Gesicht: „Warten Sie bitte einen Moment." Die Frau rechts flehte: „Nun haun Se schon ab!" Ich wußte nicht, warum. Als er dann in der Tür stand, mit dem Krummschwert in der Rechten die Luft schnitt, mit der Peitsche in der Linken knallte und dabei laut und dreckig lachte, wußte ich es. Ich machte auf der Stelle kehrt, so schnell, mit zwei Sätzen die halbe Treppe, mit acht Sätzen bis zur Haustür unten, war ich vorher nie und später auch nicht mehr.

Heiligabend begingen wir auf unsere Weise. Eine Kundgebung wurde angemeldet, wir traten in halb militärischer, halb religiös-ritueller Formation im Dreiviertelkreis an und brüllten gegen die bürgerliche Weihnachtsduselig- & -seligkeit alte Arbeiterlieder in die stille Nacht hinaus.

Bis in den späten Nachmittag hatten wir noch Hochhäuser im Märkischen Viertel nach Unterschriften abgeklappert. Die meisten Türen blieben verschlossen, eine wurde aber geöffnet, weil die beiden Kinder, fünf und sechs Jahre alt vielleicht, in mir den Weihnachtsmann vermuteten. Die Frau wollte unterschreiben, „ist doch Weihnachten", der Mann tippte sich mehrmals heftig an die Stirn und beschimpfte sie feucht, sie zeterten noch, als ich, erschrocken über das, was ich angerichtet hatte, durchs Treppenhaus davoneilte.

Daran mußte ich denken, als wir unsere Kampflieder grölten und warmes Licht hinter den Fensterscheiben von einer

Geborgenheit kündete, die wir durch unseren Kampf nie erreichen könnten. Ein wenig schämte ich mich auch.

Im Gegensatz zur Alternativen Liste bekamen wir übrigens
in allen Bezirken die notwendigen Unterschriften zusammen,
für diese Unfähigkeit belächelten wir sie ein wenig. Bei den
Wahlen war es dann mehr als umgekehrt: Die Alternative Liste
kam auf Anhieb auf 3,7 %, wir mußten uns mit spärlichen 0,1
% begnügen, 1367 Stimmen, weitaus weniger als mitleidige Unterschriften.

***

Pfingsten 1984

Ich hatte gerade in diesem Projekt „Erinnerungsprotokolle"
für das Stadtarchiv angefangen. Deshalb lud mich Fritz zu einer
Tagung der Geschichtswerkstätten ein. Wir fuhren zu dritt und
wohnten diesmal in Charlottenburg bei Freunden von Fritz in
einer Wohnung mit schönen hohen Decken und Parkettboden.
Wir mußten uns vorher verpflichten, nichts, „aber auch wirklich nichts", zu deren beruflicher Tätigkeit zu sagen: Veterinär-
mediziner, die in den Laboren von Bayer Tierversuche durch-
führten. Er wolle die Freundschaft nicht durch unser unquali-
fiziertes Gerede aufs Spiel setzen.

Was auf dieser Tagung überhaupt besprochen wurde, ist
meinem Gedächtnis vollständig entglitten, zwei Erinnerungs-
fetzen nur, Randglossen dieses Aufenthalts: einmal das Kaffee-
trinken mit Fritz' Schwester, die in einem streng geschnittenen
dunkel- und hellbraun karierten Kostüm erschien, welcher Gegensatz zum nachlässig alternativen Auftritt des Bruder, in einem Café am Kurfürstendamm in der Nähe der Gedächtnis-
kirche; dann der 15-, 16-jährige Punk, eher adrett als Punk, in
Charlottenburg beim Sonntagsspaziergang an der Hand der
Frau Mama.

Wichtig war diese Tagung für mich nur, weil sie mir eine
Einladung einbrachte für eine viel ertragreichere Veranstaltung
der Barfußhistoriker und Spurensucher, nämlich der Friedrich-

Ebert-Stiftung in Saarbrücken, zu der ich dann mit dem Zug fuhr und mich auf der Fahrt fast nicht mehr einkriegen konnte vor Vergnügen über Henscheids „Negerl", als Dreingabe noch der schöne Abend, an dem ich, leicht angetrunken, zugegeben, eine Handvoll ironieunfähiger Sozialdemokraten, zwei Stunden nach Herzenslust hochnahm.

III. Erlebnisse

Quadronal und Bier für 35 Pfennig

"Walther! Rätzke!" Mit gequält zitternder Stimme scheuchte uns Mucki Dahms vom Käsekästchenspiel hoch: „Ich habe Kopfschmerzen und brauche Quadronal." Er hatte immer Kopfschmerzen und brauchte immer Quadronal, wir waren beide in der neunten Klasse sitzengeblieben, aber Mathematik war nicht unser Problem, eher im Gegenteil. Quadratische Gleichungen, Graphen, Winkelfunktionen, wir wußten schon, worauf seine Bemühungen hinausliefen, und zerdepperten sie oft genug mit unseren vorschnellen Antworten, was seine Kopfschmerzen noch zu verschlimmern schien. Dann ließ er sich ein Glas Wasser holen, nahm eine Tablette und überbrückte die Zeit, bis sie wirkte, mit Ausführungen über sein Hobby, das Segelfliegen, oft mit Tafelskizzen über Auf-, Ab- und sonstige Winde, oder über das, was uns später an der Universität erwartete: Füchse, Burschen, Alte Herren, Mensuren, Trinkgelage. Ging sein Tablettenvorrat zur Neige, rief Mucki Dahms die Alarmstufe Rot aus und schickte vertrauenswürdige Schüler in die Apotheke, am Donnerstag in der dritten Stunde immer Paul und mich.

"Für Herrn Studienrat Dahms, nicht wahr?" Der Apotheker kannte uns schon und wußte, für wen wir das Quadronal holten. Das Wechselgeld durften wir behalten, das wußte er nicht, und auch nicht, warum wir es ausschließlich in Groschen ausgezahlt haben wollten. Wir gingen nämlich nicht sofort in die Schule zurück, sondern kehrten erst einmal bei Tante Mariechen ein, der Wirtin des Gasthauses Kindermann, Lange Straße 93 neben der Markthalle. Dort kostete das kleine Bier, null Komma zwei, nur 35 Pfennig, ein auch vor fünf Jahrzehnten äußerst günstiger Preis, zugeschnitten auf den Geldbeutel der Baustudenten vom Corps Hannoverania, die dort ihre Kommersabende veranstalteten und einen kleinen Schießstand hinter dem Haus hatten.

Für das Bier rührten wir das Wechselgeld aus der Apotheke nicht an, die Groschen waren unser Einsatz, Risikokapital, für unsere Raubzüge am Geldspielautomaten, der zu unserem Glück von der Theke aus nicht einsehbar war. Wir hatten herausgefunden, wie man dieses Modell überlisten und bis auf den letzten Groschen plündern konnte. Man mußte nur Groschen für Groschen hineinstecken, warten, bis einmal der Höchstgewinn kam, eine Mark damals, dann den Stecker aus der Steckdose ziehen, ein weiteres Zehnpfennigstück in den Geldeinwurfschlitz werfen, den Stecker wieder hinein in die Steckdose stecken: das Gerät lief wieder, aber ohne daß sich die Scheiben drehten, und spuckte erneut den Höchstgewinn aus. Das konnte man wiederholen, bis der Automat leer war. Wir mußten nur genügend Groschen für die Anschubfinanzierung dabei haben und darauf achten, die Scheiben vor neugierigen Blicken abzuschirmen. Erstens rotierten sie ja wegen unserer kleinen Manipulation nicht und zweitens flackerten sie in einem nervenden Alarmblau, um den Fehler anzuzeigen.

Erwischt hat man uns nie, aber eines Tages fanden wir den Stecker mit mehreren überkreuz angebrachten Schichten Leukoplast an der Steckdose befestigt und wir wollten das Schicksal nicht unnötig herausfordern. Unsere Quadronal-Freistunden verbrachten wir von da an am Flipper im Hinterzimmer einer kleinen Kneipe in der Friedrich-Ludwig-Jahn-Straße nur wenige Schritte vom Buchhändler Ulrich entfernt.

Fernseh'

An diesem Mittwochnachmittag im Juli 1974 regnete es auch in Hannover, nicht nur in Frankfurt. Wir wollten uns das Weltmeisterschaftsspiel gegen Polen nicht wie das gegen Schweden in dieser Kneipe in der Lister Meile anschauen. Deshalb hatte ich mir in dem kleinen Radio- und Fernsehgeschäft um die Ecke einen Fernseher geliehen, gebraucht, Schwarz-Weiß, 52 cm, Zimmerantenne, dazu einen halben Kasten Lindener. Wolfgang, auch „Hühnchen" oder „Jagger" genannt, und seine Freundin Inge waren schon da, Dora, die Buchhändlerin lernte am Ende der Lister Meile, wollte nachkommen. Damals wohnte ich beim Kohlenhändler in der Sedanstraße unter dem Dach, ein Zimmer, Klo mit Waschbecken über den Dachboden, kein Warmwasser, keine Heizung, aber auch nur 150 Mark Miete.

Was wir auch anstellten, auf welche Tasten wir drückten, an welchen Knöpfen wir drehten, wie wir auch mit unseren Fäusten aufs Gehäuse hämmerten: das Gerät wollte uns außer Schnee kein Bild zeigen, Ton gab es auch nicht, nur Rauschen. Es war schon fünf vor halb fünf. um halb sollte der Anpfiff sein. Panik kam auf. Inge behielt die Ruhe: „Zurückbringen, umtauschen." Ich schnappte mir das Gerät, die Treppen runter, durch den Regen um die Ecke in die Große Pfahlstraße, die beiden hinter mir her. Das Geschäft war geschlossen. Mittwochnachmittag, daran hatten wir nicht gedacht. Im Eilschritt brachte ich das Gerät zurück unters Dach, dann hetzten wir weiter durch die leergefegte Lister Meile im Regen zur Fernsehkneipe. Als wir durchnäßt ankamen, war es schon fünf Uhr, eine halbe Stunde zu spät. Aber weil in Frankfurt ein Wolkenbruch das Spielfeld in einen See verwandelt hatte und die Feuerwehr so lange brauchte, es einigermaßen bespielbar zu machen, wurde das Spiel gerade in dem Moment angepfiffen, als wir uns setzten. In der 76. Minute schoß Gerd Müller zum 1:0 ein und alle Aufregung war vergessen.

Bis zur Fußballweltmeisterschaft 1974 hatten wir zu Hause keinen Fernseher. Bücher hatten wir und Zeitungen: die „Hannoversche Presse", die war sozialdemokratisch, die „Harke" nicht, die war meinem Vater zu weit rechts, dann die „Hören und Sehen" fürs Radioprogramm und später auch den „Stern". Und wir hatten ein Radio, es stand in der Stube auf der Anrichte, ein Nordmende mit einem magischen Auge, das anzeigte, ob der Sender genau eingestellt war.

Das „Echo des Tages", immer nach dem Abendessen, und der „Internationale Frühschoppen" am Sonntag vor dem Mittagessen brachten uns das Weltgeschehen ins Haus, zur Unterhaltung am Sonnabend während des Bohnerns und des Schuhputzens Hermann Hoffmanns „Kleine Dachkammermusik", der Abend gehörte Sendungen wie „17 und 4" mit Robert Lembke, der Funklotterie „Ja oder Nein" oder bunten Abenden mit Peter Frankenfeld und Lonny Kellner. Vor allem aber Hörspiele, Hörspiele, Hörspiele: „Draußen vor der Tür", „Dickie Dick Dickens", wir waren süchtig nach den Geschichten mit dem Gangsterboss von Chicago, Effi Marconi und Opa Crackle, auch an eine Hörfassung von Arno Schmidts „Tina" kann ich mich entsinnen.

Am Sonntagnachmittag zogen wir dann zu fünft bis zu neunt los, bei anderen Leuten fernzusehen: Lassie, Fury, Rin Tin Tin. Entweder zu den alten Mays, die ließen uns immer in ihre Stube, egal, wie groß unser Haufen war, aber als erste Hürde war der schon auf der Straße herumspringende und wütend kläffende Spitz zu überwinden, der es ausgerechnet auf meine Hosenbeine und meine Waden abgesehen hatte und die anderen schonte, außerdem roch es bei den beiden alten Leuten immer nach abgestandener Pisse.

Oder zum alten Scheffler. Aber das sahen unsere Eltern nicht so gerne. Der wohnte in einer riesigen Einzimmerwohnung, einer umgebauten Scheune, vier Stühle für uns Kinder am Fußende des Bettes, der Fernseher an der Wand gegenüber, der alte Scheffler lag immer im Bett, meist mit seiner Geliebten, Einemarkfünfzig hieß sie im Dorf, weil das angeblich ihr Tarif war, dann konnten wir uns kaum entscheiden, wohin wir schauen sollten, auf die spannenden Filme vor uns auf der Mattscheibe oder auf das Geschehen unter den Laken im Bett hinter uns.

An normalen Wochentagen konnten wir nur zu den Otts, einem kinderlosen Ehepaar, das in einem Behelfsheim am Osterberg wohnte, einem märchenhaften Holzhäuschen, die waren freundlich, ließen uns aber nur sehr selten hinein, und wenn, dann höchstens zu dritt.

Die Zahl der Fernsehgeräte im Dorf wuchs, unsere Trupps wurden immer kleiner, am Ende zogen mein Bruder und ich nur noch allein los und wurden von den Leuten fast mitleidig angeschaut. Dann schaffte sich der jüngste Bruder meiner Mutter, Onkel Alfred, einen Fernseher an, und es wurde zum guten Brauch, dort fast jeden Sonntag mit allen Zweigen unserer großen Familie aufzukreuzen, unangenehm nur, daß ich auch auf dem Weg dorthin am bissigen Spitz der Familie May vorbei mußte.

Die Tante servierte Kaffee, für uns Kinder, fünf insgesamt, nur halb und halb, und fette Buttercremetorten, und während der in grünes Dschungellicht getauchte Zimmerspringbrunnen vor sich hin plätscherte, lief der Fernseher: Filme mit Hans Moser und Heinz Rühmann und, weil er auch Ostzone empfangen konnte, eine ungarische Miniserie, die im 2. Weltkrieg spielte – Kinder beteiligen sich am Widerstand gegen Wehrmacht, SS und Pfeilkreuzler – oder „Wolf unter Wölfen" – die Szene mit der erzwungenen Champagnerorgie im Hotel gefiel mir so gut, daß ich begann, Fallada zu lesen. Wenn sie um einen dritten Mann verlegen waren, wurde ich auch vom Fernseher weg in die kleine Stube befohlen, wo mein Vater und Onkel Manfred Skat um Zehntel spielten und mich um mein Taschengeld brachten.

Bald waren wir wohl die einzige Familie im Dorf ohne Fernseher, außer uns nur noch das greise Ehepaar in der Nachbarschaft meiner Oma Berta, die „nie geklebt hatten", als Knecht und Magd größtenteils mit Deputat entlohnt wurden, im Alter nun bittere Armut litten und sich kein Gerät leisten konnten. Mein Vater weigerte sich beharrlich. Einschränkungen beim Rauchen, beim Essen oder bei den Büchern, nur um auf einen Fernseher zu sparen, kamen für ihn nicht in Frage. „Außerdem, ich kenne mich doch, dann hocke ich nur noch vor der Glotze und verblöde wie die anderen." Das wollten wir doch sicher nicht, daß es dazu komme. Erst im Jahr der Fußballweltmeisterschaft gab er seinen Widerstand auf und genehmigte ein Schwarz-Weiß-Gerät.

So saßen dann mein Vater, mein Bruder und ich am 7. Juli in der heimatlichen Stube einträchtig nebeneinander auf dem Sofa, schauten das Endspiel und genehmigten uns, wie vorher vereinbart, für jedes Tor, das die deutsche Mannschaft gegen Holland schoß, einen Cognac und eine Zigarre. Nach der Pleite mit dem Leihgerät schaffte ich mir übrigens einen eigenen Fernseher erst sieben Jahre später an, als ich mit meiner späteren Frau zusammenzog.

Wem gehört der deutsche Wald?

Wo die Weser einen großen Bogen macht ...

Nachts um halb eins aus sieben Kehlen in einem Zweibettzimmer im Haus Sonnenberg in St. Andreasberg.

Wo man trinkt die Halben in zwei Zügen aus ...

Der Rotwein kreiste in Flaschen, den hatten wir besorgt, Manni, Moppel, Andreas und ich, dazu gab es Käse, in dicken Stücken vom Laib geschnitten, den hatten die beiden dänischen Lehrer aus Odense mitgebracht: die Cracker waren der Beitrag des lustigen dicken Simultandolmetschers.

Remmerbier, Remmerbier trink ich gerne,
Remmerbier, Remmerbier hat keine Kerne,
Remmerbier, Remmerbier, das fließt munter
unsre Kehlen rauf und runter ...

Unser Gesang war nicht schön, aber laut, und nebenan gut zu hören. Nebenan, da waren die beiden Lehrer untergebracht, Deutsch, Geschichte, Kunst, die uns auf dieser Studienfahrt begleiteten. Beim Frühstück am nächsten Morgen setzten sie sich an unseren Tisch, musterten erst uns eingehend, wendeten ihre Köpfe dann zueinander, schauten sich wissend an und wunderten sich laut, wie gut die Dänen sich mit dem norddeutschen Liedgut auskannten. Niemand verzog eine Miene.

Hermann Löns, die Heide brennt ...

Mit dem Pegel stieg die Stimmung und die Lieder kippten vollends ins Heimattümlich-Suffköpfige. Ich erzählte von der antiautoritären Bewegung an der Mittelweser, von den Zusammenkünften der Avantgarde, der Laberkönige vom USSB, im Stockturm, der Dolmetscher nahm einen Schluck aus der Pulle und begann, mich ins Dänische zu übersetzen, seine Lehrerkollegen gluocksten erst, prusteten dann los: „So macht er das immer, wenn du sprichst." Ich begriff gar nichts und muß auch so ausgesehen haben. „Ich lege dir lustige Sachen in den Mund, Kabarett, das kommt besonders bei den Mädchen gut an." So gut Deutsch, ihm auf die Schliche zu kommen, könnten sie alle nicht, und: Warum ich besonders bei Aenne-Mette und Helle einen solchen „Stein im Brett" habe, solle ich mich fragen.

Ich war erst einmal sauer. Internationale Jugendtagung „Gesellschaft und Demokratie" vom 12. bis zum 21. Mai 1968, die aufregenden Ereignisse in Paris paßten zum Thema und schwappten immer wieder in die Debatten, Leitung ein Dr. Ray Bomber, der Mann hieß wirklich so, die Referenten ausnahmslos Jungpolitologen unter 30, das war für uns sehr wichtig damals, außer unserer noch die Schulklasse aus Odense und eine aus Bremen, die Hormone wilderten in beiden, jeder meiner Diskussionsbeiträge, und es waren nicht wenige, wurde mit vollem Ernst und feurig überzeugt vorgetragen; und dieser dicke Dolmetscher synchronisierte mich als Schmierenkomödie. Meine Verstimmung hielt aber nur wenige Sekunden an, er schnitt mir ein dickes Stück Käse ab und vom Wein beschwingt vergab ich ihm.

„Was führt ihr denn morgen zum Abschluß auf?" Aus dem „morgen" war längst „heute" geworden und so selbstverständlich, wie wir uns damals solch reaktionärem Brauchtum verweigerten, hatten wir auch nichts vorbereitet.

Ho, Ho, Ho-Chi-Minh!

Aber mein Ehrgeiz war geweckt. Nach dem letzten Lied und dem letzten Schluck Rotwein legte ich mich nicht ins Bett, sondern setzte mich hin und schrieb, inspiriert von Handkes „Publikumsbeschimpfung", die man gerade im Theatersaal an der Buermende gegeben hatte, dem Internationalen Vietnam-Kongreß, den der SDS im Februar in Berlin veranstaltet hatte, und den Demonstrationen des Frühjahrs, ein kleines Stück Sprechtheater, weniger als zehn Minuten, Parolen, wie sie auf den Protestmärschen skandiert wurden, Bruchstücke aus Aufrufen, Pamphleten und anderen Schriften der APO, nachempfunden, denn an die Originale kam ich in dieser Nacht nicht heran, handschriftlich, gleichmäßig verteilt auf fünf Manuskripte für fünf Vorleser.

Kurz vor dem Frühstück war ich fertig und schnappte mir vier Mitstreiter, jeder bekam seinen Text in die Hand gedrückt. Nach dem Frühstück übten wir kurz, eine Reihenfolge hatte ich nicht festgelegt, jeder entschied spontan, wann er an der Reihe war, die Parolen im Chor, dem Vorbeter nach. Die Aufführung unterschied sich dann auch ein wenig von der Probe.

Wir standen nicht, sondern hockten im Halbkreis auf dem Boden, vieles kam an anderer Stelle, manches blieb ungesagt, weil es dem Sprecher doch nicht in den Kram paßte, bei den Parolen reckten wir jetzt immer unsere linken Fäuste rhythmisch in die Luft.

Dem Publikum gefiel es, nur unserem Deutsch- und Klassenlehrer Dr. Schaller nicht, der stand vor diesem Stück ebenso ratlos wie vor Handkes „Publikumsbeschimpfung" und mochte es nur als Klamauk und Ausdruck ungezügelten Rebellentums, nicht aber als Theater anerkennen. Der stärkste Beifall kam von den dänischen Mädchen und ich fragte mich, welcher Teufel den Dolmetscher wieder bei seiner Simultanübersetzung geritten hatte. Er bat mich um ein Manuskript, ich gab ihm den Loseblatthaufen des einzigen Originals, etwas anderes hatte ich ja nicht, das er später übersetzte und das als Grundlage einer weiteren Aufführung an der Schule in Odense diente.

Moppel hielt weiter brieflichen Kontakt mit den beiden dänischen Lehrern und als Spätfolge des Käse-, Rotwein- und Liederabends bekamen wir eine Einladung nach Odense. Wir fuhren in den letzten beiden Ferienwochen, als in Dänemark die Schule schon wieder begonnen hatte. Das Geld für diese Fahrt verdiente ich mir mit Gartenarbeit für den Fabrikanten Scharmentke und mit Interviews für ein Meinungsforschungsinstitut, sechs Mark fünfzig pro Stück. Die beiden Gauloises rauchenden Soziologiestudenten, die im Bully über die Dörfer fuhren und unsere Truppe einteilten und anwiesen, wurden zu meinen neuen Göttern, ich wechselte von Stuyvesant auf Filterlose, Roth-Händle, der Dritte Weg zwischen den Bauarbeiter-Overstolz meines Vaters und den kurzen Franzosen mit dem Flair von Aufbruch und Welterkenntnis.

– *„Das ist jetzt Hitlers Autobahn?"*
– *„Nein, das ist die A2."*
– *„A7, auf dem Schild steht A7."*

Wegen Rolf, sein Vater war ein höherer Offizier bei den

Panzergrenadieren in Langendamm, wären wir beinahe nicht losgekommen, seine Eltern beide in Urlaub, er mußte das Haus hüten und wagte nicht, es zu verlassen, bevor er nicht die letzte Franse am riesigen Wohnzimmerteppich sorgfältig gerade gekämmt hatte, wegen Erich, der Kadett gehörte seiner Mutter, wären wir beinahe nicht angekommen, auf der Autobahn, 150 Kilometer von Herrenhausen bis Hamburg, fuhr er Strich 90: „Sprit sparen", für zwei Minuten kurbelte er vor Walsrode das Schiebedach zurück, wir durften die Hände in den Wind strecken, dann mußte es wieder geschlossen werden: „Luftwiderstand." Doch, ich war mit ordentlichen Leuten unterwegs.

Die Nacht bei Moppels Bruder in der Pfeifenraucherwohnung in Altona, frühmorgens dann auf den Fischmarkt, Nachtschwärmer gegen Frühaufsteher, weiter über Kolding, wir winkten heftig in die Richtung, in der wir den Simultandolmetscher vermuteten, und die alte Lillebæltsbroen hinüber nach Fünen. In Odense wohnten wir bei einem der beiden Lehrer, blau gestrichenes Kiefernholz, reichhaltiges Frühstück am großen runden Tisch. Auf dem Stadtrundgang gelang es uns, eine Bildzeitung zu kaufen, unsere Waffe für den übernächsten Tag.

Wem gehört der deutsche Wald?
Den Jägern oder den Liebespaaren?

Man hatte uns gebeten, eine Deutschstunde zu geben, in der Klasse, die uns und umgekehrt wir sie aus Sankt Andreasberg kannten, mit Helle, einsfünfundsiebzig, dunkelhaarig, und Änne-Mette, einssechzig, blond, und den anderen Objekten unserer Begierde, 45 Minuten, nur von uns frei gestaltet. Die Bildzeitung legten wir hübsch gefaltet in einen Schnellhefter, unsichtbar für die Klasse, vorne drauf ein Schild, in Druckbuchstaben deutlich beschriftet: „Aktuelle Texte zur Interpretation". Wir lasen den Leitartikel vor: „Wem gehört der deutsche Wald? Den Jägern oder den Liebespaaren?" – emotions- und fast tonlos, als sei es ein langweiliger Sachtext aus der Gemeinschaftskunde – und wir ließen die Ahnungslosen darüber diskutieren. Die bemühten sich um ernsthafte Argumente, die Jäger gewannen, sich offen auf die Seite der Liebespaare zu stellen war den meisten wohl zu heikel, und für die Liebe seien Betten auch bequemer. Erleichtertes Gelächter, als wir am Ende der Stunde die Bildzeitung aus dem Hefter nahmen, entfalteten und enthüllten, worauf sie hereingefallen waren.

Am Abend gab es dann eine Klassenfete in der Schule, in einem Raum im Keller, Beatmusik und Coca-Cola, uns wurde das Vorgriffsrecht auf die Mädchen eingeräumt, wenn wir mit ihnen tanzen wollten, mußten die dänischen Jungs zurückstehen. Fürwahr, nach einer Rotwein- und Käsenacht, einem kleinen Stück Sprechtheater und, ausgerechnet, im schönsten Kontrast dazu, einem Sommerlochartikel aus dem Springerblatt, hatten wir jetzt einen Riesenstein im Brett der, vor allem, Däninnen.

Just Like Scottie Ferguson

Am 21. August 1968, es war ein Mittwoch, zogen wir im Triumph in Jönköping ein. Das Autoradio voll aufgedreht, Ola & The Janglers „Let's Dance", ich hatte mich durchs Schiebedach gezwängt, stand mit federnden Knien auf dem Beifahrersitz, reckte die Linke rhythmisch zum Siegeszeichen hoch und warf mit der Rechten staunenden Halbwüchsigen am Straßenrand Gitanes jaunes zu, die ich unbedingt wieder loswerden wollte. Ein Bully mit zwei Bremern auf dem Rückweg vom Nordkap war uns gegen Mittag auf der Landstraße begegnet und der Fahrer hatte mich überredet, meine letzten drei Roth-Händle gegen zwei Schachteln dieses teuflisch starken Krauts einzutauschen.

Wir waren zu fünft und mitsamt Gepäck und Zelten im Kadett unterwegs, der Erichs Mutter gehörte. Jönköping war ursprünglich nicht eingeplant, eigentlich wollten wir nach Kopenhagen, Tivoli und Tom Jones noch ein paar Tage auf Fünen

verbringen, Moppel überredete uns zu diesem „kleinen Abstecher", eine Susanne, deren Herz er erobern oder zurücker-
obern wollte, ich weiß es nicht mehr so genau, hielte sich dort
längere Zeit bei Verwandtschaft auf und wir könnten sie doch
an ihrem Geburtstag überraschen. Sie freute sich tatsächlich
über unseren Besuch, aber die Nachricht vom Einmarsch der
Warschauer-Pakt-Truppen in Prag, die wir zuerst von ihr er-
fuhren, drückte unsere Stimmung nicht wenig. Nicht nur unsere Hoffnung auf die Quadratur des Kreises, auf einen „dritten Weg" war dahin, wir befürchteten ein Eingreifen der
NATO und, Erich, Rolf und ich waren schon tauglich gemus-
tert, daß die Bundeswehr ihre Finger nach uns ausstreckte. Von
den Reden, die auf der Protestkundgebung am nächsten
Abend, gehalten wurden, verstanden wir kein Wort, der Ton
war aber so besorgt, daß wir beschlossen, erst einmal im neut-
ralen Schweden zu bleiben, zur Not auch noch über das Ende
der Sommerferien in der folgenden Woche hinaus.

Wir schlugen unsere Zelte auf dem Campingplatz direkt am
Vättern oberhalb der Steilküste auf. Mich überkam an diesen
Tagen, fünf wurden es noch, eine gewisse Langeweile, zog aber
brav mit, wenn es hinunter zum See an den Strand ging. Am
vorletzten Tag packte mich so etwas wie Abenteuerlust. Als die
anderen sich auf den bequemeren, aber weiteren Rückweg
machten, ein Mittagessen aus Dosen stand an, spazierte ich den
kurzen Weg am schmalen Ufer entlang, fest entschlossen, unter
dem Platz den steilen Hang hochzuklettern und vor ihnen an-
zukommen. Die ersten beiden Drittel bewältigte ich mühelos,
doch dann ging es fast senkrecht nach oben, zum Schluß sogar
mit ein wenig Überhang.

Hier kam ich plötzlich nicht mehr weiter und hing sozusa-
gen in der Luft. Unter meinen Füßen begann es zu bröckeln,
der Hang bestand ja nicht aus Fels, sondern aus mehr oder
minder festem Sand, mit einer Hand bekam ich ein Grasbü-

schel aus der oberen Kante zu fassen, das auch nicht vertrauenswürdig fest im Boden verwurzelt war, mit der anderen krallte ich mich an eine Unebenheit. Ich dachte schon daran, mich fallen zu lassen, allzu hart würde der Aufprall nicht sein, die Höhe, zehn, zwanzig Meter vielleicht. Ich blickte nach unten und erschrak. Es schien mir sehr viel höher und der Boden war bedeckt mit zerbrochenen Glasflaschen und rostigen Konservendosen mit scharfen Kanten, Müll, den die Campinggäste der Einfachheit halber dorthin entsorgt hatten. Als ich dort unten entlang gegangen war, hatte es mich nicht weiter gestört, aber jetzt ergriff mich eine panische Angst, von Glasscherben und rostigem Blech aufgeschlitzt zu werden. Ich rief um Hilfe. Nach einer Ewigkeit, in Wirklichkeit wohl nach weniger als einer halben Minute, erschien Manni über mir, schüttelte grinsend den Kopf und zog mich gemeinsam mit Moppel hoch.

Sie lachten noch bis zum Abend über mich, als wollten sie die Gefahr nicht glauben, in der ich mich befunden hatte. Eine Kriegsgefahr, das war uns dann auch klar, ging von den Ereignissen in der Tschechoslowakei nicht aus, wir packten am Sonntag zusammen, erreichten die Nachtfähre von Göteborg nach Frederikshavn und fuhren in einem Rutsch zurück an die Weser.

***

13 Jahre später war ich, im Juni und frisch verliebt, mit meiner späteren Frau in Puerto de Soller an der mallorquinischen Nordwestküste unterwegs zu einer schönen, aber einsamen Badebucht, die man nur vom Wasser oder nach einem längeren Fußweg erreichen konnte. Der breite und bequeme, aber mäandernde Weg durch den Wald war mir zu weit, mich packte wieder die Lust auf Unbekanntes, so gingen wir einen schmalen Pfad an der Steilküste entlang, rechts von uns der Wald, links von uns, anfangs noch in sicherer Entfernung, der Abgrund zum Meer.

Mit der Zeit näherte sich der Weg immer mehr der Felskante, zwei Meter, ein Meter, fünfzig Zentimeter, bis er direkt daran entlang führte, links der Abgrund, rechts Fels, und sich in der letzten Biegung vor dem Ziel für vielleicht achtzig Zentimeter in Nichts auflöste, weggebrochen schon Jahrzehnte zuvor. Mit einem beherzten Sprung hätte man ihn auf der anderen Seite wieder erreichen können, aber anders als am Vättern war es hier viel höher und wir wären bei einem Fehlsprung nicht auf weichem Sand sondern auf hartem Felsen gelandet. Ein Blick nach unten, der Schwindel packte mich bis ins Gemächt und ich mußte mich bemühen, nicht zu taumeln und hinabzustürzen. Karin ging es noch viel schlimmer. Wir tasteten uns Schritt für Schritt zurück, immer bemüht, unseren Blick nur ja nicht nach unten zu richten.

Als wir wieder vierzig Zentimeter zwischen uns und dem Abgrund hatten, drehten wir um, gingen vorwärts weiter, aber nicht in Richtung auf die Bucht, sondern sehr schnell zurück ins Hotel, setzten uns an den Pool und beruhigten uns bei einigen Gin Tonic.

Road Movie 1971

NI T 852 – da stand er vor uns, ein gebrauchter 1200er Käfer in Perugrün, für den ich zweitausend Mark hingeblättert hatte, und wartete darauf, uns in den Urlaub zu befördern, genauer, Nappi Bolte, dem wir Sonntagmorgen für Sonntagmorgen das Vergnügen gönnten, uns vier bis zwölf Sekunden lange „Stellen" aus seiner Stockhausen-LP vorzuführen, Otto Müller, viel witziger als der andere, der berühmte Otto, meinen kleinen Bruder und mich.

Eigentlich sollte der alte Arschbackenkäfer meiner Mutter unser Gefährt sein, aber den hatte ich zwei Wochen zuvor noch am Tag des Führerscheinerwerbs beim Bund zerlegt, als ich bei einer Probefahrt einen Tramper mitnahm, mit der Rechten abwechselnd rauchte und lenkte, mit der Linken abwechselnd gestikulierte und lenkte, in einer engen Rechtskurve ins Schleudern geriet und mit der Arschbackenseite in eine Hecke krachte. Totalschaden, auch der Händler wollte keinen Pfennig mehr für ihn geben, als meine Mutter ihren Neuen bei ihm abholte, und ich mußte tief in die Tasche greifen.

Zwei Zelte, vier Luftmatratzen, vier Schlafsäcke, vier Taschen, Tomtom, Hi-Hat, Gitarre, Beaulieu 2008 nebst Stativ, alles sollte hinein, paßte aber nicht. Auf Anraten von Kasten Merry, Nachbar, Tankstellen- und Werkstattbesitzer, bauten wir die Rücksitzlehne aus und siehe da: Taschen und Schlafsäcke eigneten sich hervorragend als Lehnenersatz, alles andere paßte bequem dazwischen. Kurzerhand wurde noch mit dicken Buchstaben „Wyh's Dworn" auf ein Pappschild gemalt und ins Heckfenster gehängt, das sollte der Name der Band sein, die Otto und mein Bruder gründen wollten – Stilrichtung so zwischen Jimi Hendrix, Syd Barrett und Marc Bolan – und wir konnten losbrausen.

Aber wohin? An die Ostsee, darüber waren wir uns schnell klar. Wir klapperten die Badeorte an der Lübecker Bucht ab: Travemünde, Timmendorfer Strand, Scharbeutz, überall gefiel es uns nicht, vor allem, weil man nirgends am Strand wild zelten konnte. Also weiter nordwärts an der Küste entlang bis Heiligenhafen. Das war ein Städtchen nach unserem Geschmack und in Großenbrode fanden wir sogar ein Stück Strand, an dem wir unsere Zelte ohne zu bezahlen aufschlagen konnten.

Ich kann mich aber nicht daran erinnern, dort gebadet zu haben. Am späten Vormittag fuhren wir nach Heiligenhafen, setzten uns vor einem Café an einen Tisch im Freien, ich in meiner Schriftstellerjacke (Feincord, beige-braun) und der seriöseren Außenwirkung halber an einer Pfeife nuckelnd, schraubten die Beaulieu aufs Stativ und begannen, Aufnahmen vorzutäuschen, ohne jedoch nur einen Millimeter Film zu verschwenden. Hin und wieder sprachen wir eine junge Frau an, die uns besonders gefiel und schwafelten etwas von „Probeaufnahmen", es fiel aber keine auf unseren Schwindel herein und wollte mitkommen und die Hüllen fallenlassen.

Einmal sind wir noch in Großenbrode ins Kino, das im Saal einer Gastwirtschaft stattfand, „Die tollkühnen Männer in ihren fliegenden Kisten", und an einem Tag haben wir uns nach Fehmarn aufgemacht, um zu dem Ort zu pilgern, an dem Jimi Hendrix noch ein Jahr zuvor aufgetreten war und mit dem ersten Anreißen einer Saite auch gleich die Wolkendecke aufgerissen und die Sonne hervorgelockt hatte, haben uns dann aber damit begnügt, als wir den Sund überquert hatten, kurz anzuhalten, auszusteigen, den heiligen Boden der Insel einmal zu berühren und gleich wieder umzukehren.

Als die Woche dem Ende entgegenging, waren die anderen unzufrieden und murrten. „Das ist doch kein Urlaub." „Keine einzige Frau aufgerissen, keiner von uns." „Du mit deiner Filmerei." Wenn darin das Problem liegen sollte, wußte ich einen Ausweg: „Heute abend ist Disco, da gehen wir hin und schlagen zu." Das ging Otto gegen den Strich: „Die spielen sowieso nur das Hitparadenzeug, da kann ich gleich zu Meyers Karl, wenn die Whities spielen." Nappi und mein Bruder schlossen sich an. Jetzt war ich sauer: Als ob es um die Musik ginge! „Dann gehe ich eben alleine hin", grummelte ich und war auch schon weg.

In der Disco war die Angelegenheit in fünf Minuten erledigt. Mein erster Blick fiel auf ein Mädchen mit langen schwarzen Locken und einem süßen Gesicht, das mit einer Freundin am Rande der Tanzfläche herumstand, ich forderte sie auf, wir tanzten ein paar Schritte. Zu einer Party am Strand kämen sie gerne beide mit, nur nicht heute, morgen könnten sie noch eine Dritte mitbringen und eventuell sogar eine Vierte, ich müsse sie nur abholen und hinbringen.

Die anderen wollten nicht recht glauben, daß meine Mission erfolgreich verlaufen war, besorgten aber brav Essen und Getränke für die Strandparty auf ihre Kosten und sammelten fleißig Holz für ein Lagerfeuer. Ich hielt mich bis zum Abend vornehm zurück.

Sie kamen nur zu dritt zum verabredeten Treffpunkt und es war mein Bruder, der schließlich leer ausging. Während sich Nappi, Otto und ich mit den Frauen vergnügten, saß er mit der Gitarre am verglimmenden Feuer, griff tief „in die Grabbelkiste", wie er es nannte und schrammelte die schlimmsten Fahrtenlieder und Schnulzen, um uns zu ärgern.

Nappi und Otto verschwanden mit ihren Eroberungen in den beiden Zelten und ich, obwohl am Abend zuvor in Disco blitzschnell im Zugriff, war wieder einmal der langsamste und es blieb mir nichts anderes übrig, als mich mit der Schwarzgelockten seitwärts in die Dünen zu schlagen. Und dort, sei es, daß sie, sei es, daß ich ein wenig zu heftig war, fiel ihr mitten in der schönsten Vögelei die schwarzlockige Perücke vom Kopf und darunter trug sie eine blonde Kurzhaarfrisur wie Mia Farrow in Rosemaries Baby, ihr Gesicht erschien mir plötzlich tausendmal schöner als vorher, dazu dieses verzückte Lächeln mit halb geöffnetem Mund, meine Lust verzehntfachte sich plötzlich und ich kam schneller zum Ende, als mir und ihr lieb war. Sie setzte sich die Perücke wieder auf und wir leisteten meinem Bruder am Feuer Gesellschaft, bis die anderen aus den Zelten gekrochen kamen.

Für die anderen drei ging der Urlaub zu Ende, deshalb packten wir am nächsten Morgen alles zusammen, ich lieferte sie in der 280 Kilometer entfernten Heimat ab und schaute erst einmal im Café Marchioni vorbei, wer aus der alten Clique gerade wieder in der Stadt war. Dort traf ich Steffi, Freundin einer Ex-Freundin, mit der ich vielleicht irgendwann zusammengekommen wäre, wenn wir denn einmal gleichzeitig etwas voneinander gewollt hätten. Bei der letzten Begegnung auf einer Fete bei eben dieser Ex-Freundin wäre es fast soweit gewesen, wir knutschten schon auf dem Balkon wild herum, wurden aber wegen dieser „Unschicklichkeit" von der Mutter rausgeworfen, betranken uns deshalb noch woanders und als wir uns dann wieder umarmen wollten, bekotzte sie mein schönes neues Hemd von oben bis unten und der Abend war beendet, bevor er richtig begonnen hatte. Steffi schlug vor, gemeinsam ins Kanbach nach Münchehagen zu fahren. Danach könnten wir ja sehen. So kam ich zum ersten Mal in meinem Leben ins Kanbach, das von diesem Tag an so etwas wie meine zweite Heimat werden sollte.

Mit Steffi wurde es aber auch an diesem Abend nichts, denn ich hatte mich in dem Moment, als ihr die Perücke vom Kopf fiel, schrecklich in die heiligenhafener Bekanntschaft verknallt und mußte unbedingt zu ihr zurück. Also machte ich mich am nächsten Morgen wieder auf den Weg nach Heiligenhafen – ich hatte ja noch eine ganze Woche Urlaub – traf sie auch in dem Café, vor dem wir immer gesessen hatten, sie aber ließ mich kühl abblitzen. Wir hätten beide gehabt, was wir wollten, mehr liege nicht drin, ich solle ihr nur noch meine Adresse dalassen, falls was passiert sei in der Nacht.

Ich trottete von dannen, stieg ins Auto und fuhr erst einmal

Richtung Neustadt, wild entschlossen, dort meinen Urlaub fortzusetzen, wohin der erste Tramper am Straßenrand wollte. Dessen Ziel war Kassel. Ich setzte ihn am Hauptbahnhof ab, genehmigte mir an einer Bude einen Speckkuchen und trödelte ziellos in der Innenstadt herum.

Am Seiteneingang eines Kaufhauses wurde ich von zwei Jugendlichen angesprochen, ziemlich erfolglose Nachwuchszuhälter, wie sich später herausstellte, ob ich Trips haben wolle. „Nur eine Mark das Stück." Das war ein Zehntel des üblichen Preises, ich griff zu, kaufte zwei, die aber Kopfschmerztabletten täuschend ähnlich sahen und auch so schmeckten, warf sie gleich ein, hing eine Weile mit den beiden herum, merkte eine Ewigkeit gar nichts, sagte aber nichts, bis die beiden dann mit ihrem eigentlichen Anliegen herausrückten. „Kannst du uns mal eben wo hin fahren ... soll auch nicht dein Schaden sein." Wenn es nicht weit ist, gerne." „Nein, nein, ist hier in der Stadt."

An dieser Stelle hätte ich ablehnen müssen. Aber mich lockte das Abenteuer und so sagte ich nur, ich müsse erst pinkeln, und versteckte auf der Toilette alle Geldscheine, die ich bei mir hatte, in meinen Schuhen, eine Vorsichtsmaßnahme, die mir nachher helfen sollte, wieder heil aus der Sache herauszukommen. Dann fuhren wir los.

An einem mit Maschendrahtzaun umgebenen Gelände, im Hintergrund ein kasernenähnliches Gebäude, ließen sie mich anhalten. Sie stiegen aus, ich sollte abfahrbereit im Wagen bleiben. Nach wenigen Sekunden wußte ich, warum. Ein schwergewichtiges Mädchen von etwa sechzehn Jahren kam aus einem Gebüsch angelaufen, die beiden halfen ihr über den Zaun, rein in den Käfer und so schnell es ging, weg von diesem Ort. Ich jubilierte. Ich hatte das Rotbuch 24 gelesen, das Drehbuch zu Ulrike Meinhofs „Bambule", der Film durfte nicht gezeigt werden, und jetzt war ich selbst mittendrin dabei im revolutio-

nären Geschehen, bei einer Befreiung aus einem Erziehungs-
heim.

Pustekuchen. „Die Türken warten schon", hieß es vom
Rücksitz und ich wurde zu einem Wohnheim dirigiert. Die Türken waren freundliche Leute, saßen zu acht in der Wohnheim-
küche, servierten uns Tee und plauderten mit uns, das heißt mit
uns drei Männern, das dicke Mädchen ging in einen Neben-
raum und empfing dort einen von den Türken nach dem anderen, bis alle acht durch waren, die zahlten am Ende zehn Mark
pro Nummer, siebzig Mark insgesamt, die beiden Nachwuchs-
louis waren zu dämlich, den Betrug zu bemerken, fühlten sich
nur plötzlich wahnsinnig reich mit den siebzig Mark von den
Türken und den zwei Mark von mir in der Tasche.

„Jetzt fahren wir nach Essen. Du fährst und wir bezahlen
alles." Widerspruch schien plötzlich nicht mehr erlaubt. So
fuhren wir mit zweiundsiebzig Mark in den Taschen der Loddel
und knapp zweihundert in meinen Schuhen nach Essen. Da es
ziemlich spät geworden war, übernachteten wir auf einem Au-
tobahnparkplatz und wurden dort prompt kontrolliert. Die Be-
amten gaben sich aber mit meinem Bundeswehrführerschein
zufrieden und wollten von den anderen keine Papiere mehr sehen.

In Essen frühstückten wir in einem Kaufhausrestaurant, die
Nachwuchsloddel und ihre Nachwuchshure kauften auch noch
ein paar Kleinigkeiten und dabei muß ihnen aufgegangen sein,
daß wir zu viert mit den paar Mark nicht weit kommen würden.
Jedenfalls kam erst das Mädchen auf mich zu und wollte mich
überreden, mit ihr zusammen „abzuhauen", sie würde dann
auch für mich anschaffen, und ich dürfe sie ficken, so oft ich
wolle.

Dann trennten wir uns, der Ältere ging mit mir in eine
Kneipe ein Bier trinken, der Jüngere mit dem Mädchen „etwas
besorgen". Er kam ohne sie zurück und sagte, er habe sie an
einer ihr unbekannten Ecke stehenlassen, sie müsse jetzt allein

klarkommen, das Geld reiche für drei auch länger. Als der Ältere dann auf dem Klo war, meinte der Jüngere, er habe das Geld, für zwei reiche es noch länger, wir sollten uns in einem passenden Moment vom Älteren absetzen und aus dem Staub machen. Dann mußte der Jüngere pinkeln und der Ältere schlug mir vor, dem Jüngeren „eins über die Rübe" zu geben und ihm das Geld abzunehmen. Jetzt bekam ich es mit der Angst, die beiden könnten mir „eins über die Rübe" geben und sich mit meinem Wagen aus dem Staub machen.

Ich steckte dem Jüngeren den Plan, ihn auszuschalten, der mußte plötzlich schon wieder auf die Toilette und blieb verschwunden. „Hinterher, hinterher", tobte der Ältere, „das Schwein hat das ganze Geld, nach Kassel, da kriegen wir ihn." Da ich jetzt auf keinen Fall aufdecken wollte, daß ich noch Geld im Schuh hatte, mußten wir wohl oder übel die Zeche prellen und uns auch heimlich verdrücken.

So ging es wieder zurück nach Kassel. Aber da so ein Käfer damals über zehn Liter auf hundert Kilometer verbrauchte und ich ohne Geld schlecht tanken konnte, wurde ich auch bald von der Gegenwart des Älteren befreit. Kurz vor Lippstadt, eine Tankstelle in Sichtweite, ging der Sprit zu Ende, ich konnte gerade noch rechts auf den Randstreifen fahren und bat den Älteren, mir ein paar Mark zum Tanken zu geben. Er habe wirklich nichts mehr, beteuerte er, stieg fluchend aus und versuchte, trampend weiterzukommen. Nach zehn Minuten wurde er wirklich mitgenommen. Ich marschierte mit dem leeren Reservekanister zur Tankstelle, bezahlte mit einem Schein aus dem rechten Schuh, mit dem vollen Kanister zurück, füllte die Notration ein, tankte dann in Lippstadt selbst für sagenhafte 52,9 Pfennig pro Liter wieder voll und beschloß, mich dort erst einmal umzusehen.

Ich kaufte mir ein Kilo Weintrauben und „Asterix bei den Briten", setzte mich damit auf eine Parkbank und genoß den sonnigen Nachmittag, bis ich von einem jungen Einheimischen angesprochen wurde, der in mir wohl ebenso wie die beiden Louis in Kassel die Kifferseele erkannte. Seine Einladung, den Rest der Woche bei ihm zu Hause zu verbringen, seine Eltern seien gerade im Urlaub, nahm ich gerne an, hatte ich die Körperpflege in den beiden vergangenen Tagen doch etwas arg vernachlässigt.

Am Abend kamen noch zwei Freunde, wir hockten zusammen, tranken ein wenig, Stoff gab es nicht, den mußten wir erst am nächsten Tag besorgen. Wir legten zusammen, fuhren zu einer Adresse nach Hamm und kauften dort eine Hunderterplatte schwarzen Afghanen, die wir dann in einem Steinbruch bei Lippstadt zu viert in vier Tagen wegrauchten. Dort lagen wir dann, hochzufrieden und schwer stoned, konnten uns nur noch dazu aufraffen, uns hin und wieder kurz aufzurichten, schwächlich „Action!" in die Runde zu rufen und wieder auf Moos und Gestein niederzusinken. An die Fahrten zwischendurch nach Lippstadt, um etwas gegen unseren Heißhunger und unseren Durst zu besorgen, erinnere ich mich nicht so gerne, da ich überhaupt kein Gefühl mehr für Geschwindigkeit hatte und streng nach Tacho fahren mußte.

So hatte dieser wilde Urlaub doch noch ein friedliches Ende, das mich dazu brachte, solcher Lethargie, „da war bestimmt O drin", in Zukunft abzuschwören und nie wieder zu kiffen. Den Schwur habe ich später auch nur einmal gebrochen, als ich mit Rüdiger unterwegs war. Aber das ist eine andere Geschichte, die schon erzählt wurde.

Die glücklichsten Jahre der Menschheit

Der kalte Krieg. Als Deutschland sein Maul noch nicht so weit auf-
reißen konnte. Das waren die glücklichsten Jahre der Menschheit.
(Farsteyn)

An einem Montag im Sommer 1971 nachmittags um 14:30
Uhr. Heeresfliegerwaffenschule. Jägerkaserne Bückeburg. Be-
handlungszimmer III des Sanitätsbereichs. Vor mir schwitzte
ein Major vom Flugplatz Achum unter dem Lichtbogen, mir
juckte die Kopfhaut unter dem Haarnetz, unter das ich meine
Mähne bis auf den letzten Spliß ordnungsgemäß verstaut hatte.
Aus dem Philips-Kassettenrekorder auf der Fensterbank tönte
Hannes Waders Tankerkönig.

Die Dienstgrade vom Feldwebel aufwärts zu quälen und zu
terrorisieren, wenn sie uns hilflos ausgeliefert waren, das sollte
unser Beitrag zum Kampf gegen den Militarismus sein. Das
hatten wir beschlossen. Wir – eine Sechserbande – waren uns
gegenseitig auf die Schliche gekommen war, als wir während
der öden Nachtdienste um die Medikamentenschränke herum-
schlichen: auf der Suche nach brauchbaren Drogen. In den
Schränken fanden wir nichts, darum legten wir zusammen und
kauften von Chemieschülerinnen, die eine eigene Fabrikation
aufgezogen hatten, nahmen das Zeug teils in der Kaserne, teils
fuhren wir nach Minden ins Studio M oder nach Münchehagen
ins Kanbach. Manchmal schauten wir uns auch in der Birke
Filme wie Geißendörfers „Jonathan" an oder drehten Verfol-
gungsjagden über die Treppen der Mindener Altstadt.

Was uns einte, war die Entschlossenheit, ganz und gar un-
soldatisch daherzukommen und uns so weit wie möglich von
den biertrinkenden rüpeligen Kameraden zu unterscheiden, die
den Fernseher aus dem dritten Stock warfen, wenn wir uns
Filme von Werner Schroeter anschauen wollten.

Jede Gelegenheit, den Dienstbetrieb zu stören, kam uns
recht. Wir brachten Kaliumpermanganat und Rubriment-Essenz in kleinen geschlossen Flaschen miteinander in Kontakt,

warfen sie schnell aus dem Fenster und freuten uns, wenn die Explosionen die Wachen aufscheuchten und hektisch nach der Ursache suche ließen. „Geworfen Bombe über Zaun. Explodieren eine Stunde." Nach diesem nächtlichen Anruf mitten in schönsten RAF-Jagd-Zeiten wurde der halbe San-Bereich evakuiert, überwacht vom Kommandeur persönlich im Schlafanzug mit Schäferhund.

Normalerweise beließen wir es aber bei den kleinen Gemeinheiten gegenüber den höheren Dienstgraden. Manchmal gossen wir ihnen großzügig Kodan in ihre offenen Blasen, um ihnen zu zeigen, wie wir auch den härtesten deutschen Mann zum Weinen bringen konnten, ließen sie bei der Blutentnahme absichtlich umkippen oder rieben sie vor der Lichtbogenbehandlung mit Rubriment-Essenz ein. Meist ärgerten wir sie nur mit der Musik, die sie überhaupt nicht, wir aber umso mehr mochten und stellten uns beim Wunsch nach Ruhe taub.

Dem Major unter dem Lichtbogen schien der Tankerkönig sogar zu gefallen. Er begann, mir ein Gespräch aufzuzwingen. Ich habe doch Abitur und könne Offizier werden wie er. Meine Haltung zur Bundeswehr spiele keine Rolle. „Wir haben kalten Krieg, der wird niemals heiß." Und wenn doch, dann fielen sofort Atombomben, und wir alle, egal, ob Major, Hippie oder Fürst Philipp Ernst, seien „verdampft, noch vor dem ersten Alarm". Keine Gefahr, je in einen Krieg ziehen zu müssen, dafür ein bequemes Leben. „Besser geht's nicht." Ich solle nur ihn anschauen. Er habe die Kleiderkammer auf dem Flugplatz unter sich, die Arbeit machten die Untergebenen, er mache sich einen Lenz und „organisiere" nur hin und wieder etwas.

Tatsächlich goldene Zeiten damals, als ein faules Soldatenleben denkbar, ein Krieg dagegen undenkbar war, und man sich hüben demütig „dem Amerikaner" und drüben „dem Russen" unterwarf. Dem Ratschlag des Majors bin ich trotzdem nicht gefolgt.

Lichte Momente

Lächerlichkeit des Seins

Da saßen wir an diesem kalten Samstagabend Ende Dezember 1970, Gaggi M., Ahab K. und ich, auf der Bank an der Bushaltestelle vor dem Bahnhof und tauschten lachend Gedanken von philosophischer Untiefe aus. Die Trips hatte Gaggi von diesen drei coolen Typen Ende dreißig mit Kurzhaarschnitt und Bärten besorgt, im Gegensatz zu uns stets korrekt gekleidet, altehrwürdige User, mit bewußtseinserweiternden Drogen schon seit den 50er Jahren vertraut. Ahab hatte nichts eingeworfen, das machte er nie, er sei sowieso „immer so drauf" und das LSD könne seine Weisheit nur ins Gegenteil verstärken.

Aus der Bahnhofshalle kam Oskar auf uns zu, die Hände in den Hosentaschen, leicht schwankend. Wir gehörten zu den Bekannten seiner Freundin, sonst berührten sich unsere Kreise nicht, wir wußten, daß sie sich mit ihm am liebsten im Keller auf dem Billardtisch ihres Vaters vergnügte, und daß er Medizin studierte in Hannover, natürlich, das war aber auch alles.

Er verschonte uns nicht, kam immer näher, blieb dann vor der Bank stehen, unterbrach unser Gespräch über die Liebe, überschwallte uns, froh, jemanden gefunden zu haben, dem er sein Herz ausschütten konnte, das Studium, alles so schwer, das bevorstehende Physikum, die Furcht, es zu verhauen beziehungsweise einmal schlechter als gut zu sein. Mit jedem Wort kamen mir seine Probleme lächerlicher vor angesichts des Universums, der Unendlichkeit und der Geheimnisse wahren Lebens. Was jagst du den falschen Göttern nach, wollte ich ihm sagen, komm lieber her, nimm eine Pille und spüre die Weite des Seins, aber ich blieb stumm, begann nur innerlich lauthals zu lachen über diesen verschrumpelten Luftballon von Problemen, Geist und Leben, ein Bauchlachen, nach außen ließ ich nichts als ein ernsthaftes Desinteresse und ein leichtes Grinsen durch.

Irritiert blickte Oskar von einem zum anderen, wandte sich

ab, drehte sich einmal um die eigene Achse, trottete dann davon, den Berliner Ring entlang. Ich beschloß, genug zu haben von der Gesellschaft Ahabs und Gaggis, holte ihn mit großen Schritten ein, lief fünfhundert Meter schweigend neben ihm her, an der Hannoverschen Straße bog er links ab in Richtung Bürgerhalle, ich lief die restlichen sechseinhalb Kilometer bis nach Hause im Gehertempo, so kam es mir jedenfalls vor, geradeaus weiter durch die Kälte.

Mein Bruder war gerade von seiner Tour durchs Dreieck Sandkrug, Post, Ochsentränke zurück, sah mich nur einmal kurz an und wußte sofort Bescheid: „Du bist drauf, und wie!" Ich, der ich ihm jahrelang als Muster an Bravheit und anständigem Lebenswandel vorgehalten worden war, nahm dasselbe Zeug wie er ... noch eine Erkenntnis in dieser Nacht ... lachend gingen wir zu Bett.

Oskar sah ich nach dieser Begegnung nie wieder. Er soll sich einige Jahre später das Leben genommen haben.

***

Good Vibrations

"Jetzt." Verschwörerisch leise und wie aus einem Munde. Auf dieses Kommando warfen wir die kleinen weißen Pillen ein, spülten sie mit dem lauwarmen Bundeswehrtee hinunter, standen auf, wieder gleichzeitig, stellten das Geschirr weg, gingen noch einmal kurz auf unsere Stuben, um uns umzuziehen, und fuhren dann in meinem perugrünen Käfer los, Ruppert, Gerd Corell und ich, an diesem sonnigen Mittwochabend im September ausnahmsweise nicht nach Münchehagen ins Kanbach, sondern in Richtung Rinteln.

Gerade als wir unter der Autobahn hindurch waren, gefiel uns ein Feldweg, wir bogen rechts ab von der Landstraße, stellten den Wagen nach wenigen Metern ab und hüpften und tanzten mehr als wir gingen den bewaldeten Hügel hinauf: die Wirkung der Trips hatte schon eingesetzt.

Oben lagen drei Baumstämme im Moos, wir balancierten mit weit ausgebreiteten Armen auf ihnen, bereit, darin die ganze Welt und vielleicht noch ein bißchen mehr zu empfangen. Die Abendsonne blitzte durch die Bäume, Schattenspiele erfreuten das Auge, das Licht wärmte uns: „Goldener September!" begann ich voller Inbrunst zu rufen, „Goldener September!" echoten die beiden im Chor beziehungsweise wir alle drei im Kanon: „Goldener September! Goldener September! Goldener September!"

Gerd entdeckte einen großen Stein, Sitzhöhe vielleicht ein dreiviertel Meter: „Wenn wir uns jetzt darauf setzen, können wir mit ihm eins werden und von ihm erfahren, was der Fels in den Jahrmillionen seiner Existenz erlebt hat." Gerd hatte Castaneda gelesen, es kann auch Leary gewesen sein, ich weiß es nicht mehr. Ich war wohl etwas zu weit in der Zeit zurückgegangen und stand ziemlich schnell wieder auf, weil ich keine Lust hatte, mir den Hintern an der Lava zu verbrennen wie einst als Fünfjähriger an der gußeisernen Platte des Kohlenherdes. Die beiden anderen blieben sitzen und plötzlich vibrierte alles im Umkreis von sechs Metern, strahlenförmig vom Stein ausgehend.

Solche Vibrationsempfindungen auf dem Trip kannte ich schon, beim Eisessen fein auf der Zunge oder beim Rauchen prickelnd in der Mundhöhle, noch jahrelang konnten Eisgenuß oder Zigaretten diese Sensationen auch ohne Trip wieder hervorrufen, kurz zuvor beim Altstadtfest in Hannover hatten mich die „Vibrations" bei geschlossenen Augen länger als eine Viertelstunde berührungslos sicher durch das Gedränge geleitet, vielleicht sind die Menschen auch nur ängstlich vor dieser seltsamen Gestalt ausgewichen, diese Vibrationen waren viel intensiver, erfaßten nicht nur die Luft, auch den Stein, uns Menschen darauf und davor und die Bäume ringsum, ich konnte sie sehen, hören, auf der Haut und im Körperinneren spüren. Sie entfernten sich vom Stein und von uns, bildeten einen Strahlenkranz, der sich stetig verengte und in die Höhe stieg, bis er wie ein Heiligenschein über mir stand, sich zuerst zu einem Kugelblitz und schließlich zu einem winzigen Punkt verdichtete, der in Lichtgeschwindigkeit in meinen Kopf zurückkehrte.

Welche Erleuchtung: „Nur aus meinem Kopf, alles kommt nur aus meinem Kopf", predigte ich freudig erregt, als sei mir die Quadratur des Kreises gelungen. Ruppert und Gerd aber lächelten nur nachsichtig und wollten nicht von ihrem Glauben ablassen, das LSD stelle eine geistige Verbindung zwischen ihnen und toten Gegenständen her.

***

Engel und Vampire

Gemeinsam gingen wir meist nur montags bis donnerstags auf die Reise, am Wochenende fuhren fast alle nach Hause, nach Unna, Bochum oder Gelsenkirchen, nur Gerd Corell blieb oft in der Kaserne, seine Eltern waren geschieden, Geschwister hatte er nicht, seine halb-verrückte Mutter drehe zu oft durch, behauptete er, und er brauche vor allem seine Ruhe. Für mich war es unerheblich, ob ich am Mittwoch, am Freitag, am Sonnabend und am Sonntag den Weg nach Münchehagen ins Kanbach, meine zweite Heimat damals, von der Jägerkaserne (28 Kilometer) oder von Estorf (20 Kilometer) aus antrat. Deshalb verabredete ich oft mit Gerd eine bestimmte Uhrzeit, zu der wir räumlich getrennt, aber gleichzeitig einen Trip einwarfen.

Am letzten Oktoberwochenende, es müssen gerade Herbstferien gewesen sein, war es ausnahmsweise der Sonntag, weil Gerd seine Mutter besuchen und bis zum späten Nachmittag bleiben wollte. Beim Abendessen warf ich die Pille in einem unbeobachteten Augenblick ein und fuhr um acht Uhr los. Im Kanbach war es ziemlich leer, von Gerd war noch nichts zu sehen. Ich setzte mich zu den beiden Schwestern aus Brüning-horstedt und unterhielt mich eine Stunde oberflächlich mit ihnen, soweit es die Musik zuließ. Dann mußte es aus mir heraus. Ich brach den angefangenen Satz in der Mitte ab und grinste sie unvermittelt an: „Übrigens, ich bin voll drauf", stand auf, stürmte die Tanzfläche, bewegte mich wild, schnell, heftig, ausdrucksstark, so kam es mir jedenfalls vor, ununterbrochen, bis ich kurz vor Mitternacht an mir herunter sah und zu meinem Erstaunen feststellen mußte, daß ich mich nur noch in extremer Zeitlupe bewegte. Gerd war immer noch nicht aufgetaucht. Zeit zu gehen.

Vor dem Eingang stand Lothar H., er könne nur „lieben und sonst gar nichts", behauptete er von sich, das stimmte nicht ganz, Schlagzeug konnte er auch noch ganz ordentlich. „Nimmst du mich bis Leese mit, Zapp?" Obwohl ich nicht nach Hause wollte, sondern in die andere Richtung nach Bückeburg mußte, tat ich ihm den Gefallen. Hinter der Kirche standen zwei sehr junge Mädchen und trampten uns an. „Aber nur bis Leese." Sie nickten freudig.

Als Lothar ausstieg, blieben sie sitzen. „Es geht nicht weiter. Ich fahre wieder zurück." Das war ihnen auch recht. Sie wollten noch etwas erleben in dieser Nacht. Aber was sollte ich mit ihnen anfangen? Sie waren entschieden zu jung, siebzehn und vierzehn, Cousinen, die jüngere bei der älteren in Münchehagen zu Besuch. Ich griff zu meinem goldenen Pillendöschen, das ich immer mit mir führte, seit wir im Spätsommer zusammengelegt und von den Chemieschülerinnen hundert Trips gekauft hatten, eine Mark das Stück, Straßenverkaufswert das Zehnfache. Die Ältere lehnte ab, wollte wohl die Kontrolle behalten, die 14-jährige griff dankbar zu, ich warf noch einen Trip nach. Wohin nun? Das Kanbach hatte schon zu, sie schlugen den Steinbruch vor, links ab auf dem Weg nach Bad Rehburg, dort, wo heute der Dinosaurierpark ist.

Der Himmel war klar, der fast volle Mond tauchte das Gestein in ein magisches Licht, in dem wir badeten, als wir den Rundweg entlang schritten. Ich fühlte mich wie ein Rockstar mit einem Gefolge aus blutjungen Groupies, die ältere, größere Cousine dunkelhaarig und dunkel gekleidet rechts neben mir, die zierliche blonde jüngere in einer hellen Jacke links einen halben Schritt zurück. Welch eine großartige Nacht, welch ein großartiger Ort für ein solches Unternehmen, versicherten wir uns gegenseitig, immer wieder lachend und laut juchzend.

Die Siebzehnjährige breitete die Arme aus und flog lachend auf mich zu, ihre Lippen wurden dunkler, fast schwarz, ihre spitzen Eckzähne blitzten im Mondlicht auf, ihr Lachen verzerrte sich zu einem häßlichen Krächzen: ein Vampir! Erschrocken taumelte ich zurück, wäre fast gestürzt. Die blonde Cousine betrachtete die Szene mit einem holdseligen Lächeln, verwandelte sich augenblicklich in einen Engel, in den ich mich auf der Stelle verliebte. Den Rest des Weges ging nicht mehr sie neben mir, sondern ich neben ihr, und ich achtete ängstlich darauf, daß ihre vampirische Verwandte meinen inneren Kreis nicht mehr berührte.

„Schade, daß wir dich nicht mit reinnehmen können, aber meine Mutter würde ausflippen", bedauerte die Vampirin, als ich sie vor einem Einfamilienhaus aus dem Wagen ließ. Ich war einerseits froh, daß ich ihre Zähne nicht mehr länger zu fürchten hatte, andererseits schaute ich dem blonden Engel wehmütig hinterher.

Der Montagvormittag war grausam. Ich war hundemüde, kam nur schwer von diesem doppelten Trip wieder runter und wurde auch noch zu mehreren Fahrten mit dem Krankenwagen verdonnert. Gerd ging es noch schlechter. Er hatte erfahren, daß die Kopfschmerzen und Verrücktheiten seiner Mutter von einem Hirntumor rührten und sie nur noch wenige Monate zu leben hatte.

Am Dienstag war die Müdigkeit besiegt, stattdessen ging mir

den ganzen Tag der liebreizende Engel nicht aus Kopf. Sofort nach Feierabend fuhr ich nach Münchehagen und zweimal an dem Haus vorbei, an dem ich die beiden abgesetzt hatte, traute mich aber nicht zu klingeln. Am Mittwoch war der erste Schultag nach den Herbstferien, da mußte sie wieder zu Hause in Sachsenhagen sein. Ich fuhr einige Straßen langsam auf und ab, erregte aber nur das Mißtrauen eines treckerfahrenden Bauern, weil ich ihn nicht überholen wollte. Am Donnerstag sah ich die Hoffnungslosigkeit und Idiotie meiner Suche schon vor der Abfahrt ein, bettelte stattdessen bei Schaub, unserem Pseudo-Intellektuellen mit der Brille aus Fensterglas, um seinen Kassettenrekorder, warf mich aufs Bett und hörte den ganzen Abend Gary Puckett in Endlosschleife.

Whaoo-oh-oh
Young girl, get out of my mind
My love for you is way out of line
Better run, girl
You're much too young, girl

***

Brainticket

Diese Reise werdet ihr niemals vergessen. Das verspreche ich euch.

Meyer saß an dem Tisch in der Mitte und faßte die Langspielplatte, Brainticket, die er gerade auf das Koffergerät auflegte, vorsichtig mit den Fingerkuppen beider Hände am Rand, als sei sie ein Heiligtum. Wir, Ruppert, Gerd C. und ich lagen auf fremden Betten in Meyers Stube, nicht in der Jägerkaserne, sondern auf dem Flugplatz, man hielt uns für betrunken – ich mußte mir in die Fingerknöchel beißen, um nicht mit der wahren Natur unseres Rausches herauszuplatzen – und hatte uns erlaubt, dort „weiterzufeiern".

Die Nadel setzte kaum hörbar in die Rille. Meyer löschte das

Licht. Brainticket und seine Worte führten uns erst ins Weltall, höher und höher, die Unendlichkeit war zum Greifen nah. Meyer schlug mit einem Schlüssel gegen einen Bettpfosten, die Sterne verwandelten sich in hell klingende Töne und das Universum wurde von einem Totenschädel aus Silberblech umhüllt, es sei unser eigener, ließ er uns wissen. Nun setzte er einen Bohrer an, der Löcher in unsere Schädeldecke fraß, durch die unser Hirn nach außen gezogen werden sollte.

– *Aufhören! Du hattest uns eine schöne Reise versprochen.*
– *Die sollt ihr haben.*

Meyer führte uns in eine riesige unterirdische Höhle mit leuchtenden Wänden und angefüllt mit den Klängen von Brainticket. Es ging tiefer hinein in die Höhle, die Wände verengten sich langsam, die Decke senkte sich allmählich, das Leuchten wandelte sich in ein feuchtes Grau, der Boden verlor an Festigkeit, lehmig zuerst, dann schlammig, mit jedem Schritt gerieten wir tiefer hinein, zum Schluß hatte er sich in eine übel stinkende Jauche verwandelt, in der Exkremente herumschwammen. Als mir die bis zum Hals stand und das erste Stück Scheiße in den Mund zu schwimmen drohte, stieg ich aus, still, ohne Protest einzulegen wie Ruppert beim Ansetzen des Bohrers, blendete die Stimme Meyers einfach aus und spielte meinen eigenen Film ab.

Ich weiß nicht, wie oft Meyer die Platte noch umgedreht hatte, ich weiß nicht, wie lange die beiden anderen noch in seiner Hand waren, jedenfalls begann es irgendwann zu dämmern, eine bleierne Stille lag über dem Raum und Meyer schlug vor, es war eher ein Befehl, nach draußen zu gehen und den neuen Tag zu begrüßen. Wir stiegen in seinen Kadett, nahmen den kurzen Weg über das Nordtor, bei Scheie hielt Meyer an, müde, leer und fröstelnd fanden wir uns am Rande eines Ackers wieder, alle, bis auf Gerd.

Der war immer noch abwesend, stand verloren da in seinen Gummistiefeln, keine Designermodelle, die gab es 1971 noch nicht, richtige schwarze Bauerngummistiefel, die er immer trug, wenn er nicht im Dienst war, selbst das Kanbach kannte ihn nicht ohne. Meyer holte ein Wurstbrot aus seiner Jackentasche, das er sich vom Abendbrot aufgehoben hatte, wickelte es aus und hielt es Gerd vor die Nase. Der wollte zugreifen, aber Meyer lachte nur und zog es wieder zurück. Gerd machte einen Schritt auf ihn zu. Meyer hielt das Wurstbrot nach links, Gerd bewegte sich nach links, nach rechts, Gerd wechselte die Richtung, Meyer ging zwei Schritte zurück, Gerd folgte, ein Schritt vorwärts, Gerd wich zurück, so ging es fast eine Viertelstunde, nach links, nach rechts, vorwärts, rückwärts, Gerd allen Bewegungen mit einen halben Meter Abstand zum Wurstbrot hinterher wie ein gehorsames Hündchen, bis Meyer die Stulle vor seinen Augen langsam und mit sichtbarem Behagen aufaß, ohne ihm einen einzigen Bissen davon abzugeben.

Am Abend hielten wir Rat. Wir beschlossen erstens, daß Meyer ein Schwein war – wie sich herausstellte, hatte er selbst keinen Trip eingeworfen und gar keine Entschuldigung mehr für sein Verhalten – und zweitens, daß Gerd zu schwach war, weiter irgendwelches Zeug zu sich zu nehmen, Cannabis, LSD, Kokain, härteres, gleichgültig, was, und wir ihn auf der Stelle erschössen, sollte er in Zukunft auch nur ein einziges Mal gegen unser Verbot verstoßen. Wir meinten es ernst. Das wußte er auch und hielt sich daran, zumindest, solange wir beim Bund waren.

Sieben auf einen Streich

Meinem Bruder gelang es gerade noch, sich mit zwei Sprüngen auf den Bürgersteig zu retten. Ich blieb, warum, weiß ich auch nicht mehr, allein mitten auf der Kreuzung zurück, fand mich plötzlich von sieben Bullen umzingelt, die versuchten, mich festzunehmen, und führte den Tanz meines Lebens auf. Vorwärts, seitwärts, halbe Drehung, rückwärts, hampelnd mit pendelndem Oberkörper, ein Schlagstock traf mich am linken Arm, den Hieb auf meinen Bundeswehrstahlhelm nahm ich nur als Klingen wahr, ein Schlagstock traf rechts neben mir ins Leere, der Bulle verlor das Gleichgewicht und mußte den Sturz mit beiden Händen abfangen, seinen Kollegen stieß ich beiseite, dann war auch ich frei.

„Straße frei für die kommunistische Partei", hatten wir gebrüllt, wild entschlossen, es an diesem 2. September 1972, einem Samstag, den Bonner Militaristen einmal richtig zu zeigen und die Bannmeile um die Olympischen Spiele zu durchbrechen. Es waren aber mehrere kommunistische Parteien, die zum „Roten Antikriegstag" aufgerufen hatten und sich gegenseitig diesen Anspruch streitig machten. Was uns an diesem Tag einigte, war der Kampf gegen die „neuen Kriegsvorbereitungen", wir zogen Parallelen zwischen 1936 und 1972, die Münchener Olympiade spiele „in den finsteren Plänen Bonns eine wichtige Rolle. Den Völkern der Welt soll hier ein angeblich strahlendes, mächtiges, aber friedliebendes Westdeutschland vorgegaukelt werden."

Am Karlstor sollte der Durchbruch erfolgen, die Demonstration verlief aber völlig chaotisch und undiszipliniert. So kam es nur zu vereinzelten Scharmützeln, bei denen wir natürlichen gegenüber dem massiven und bestens organisierten Einsatz von Polizei und Bundesgrenzschutz den Kürzeren zogen. Zwei Dutzend Genossen wurden verhaftet und vor Gericht gestellt, „Schwerer Landfriedensbruch", „Schwerer Widerstand gegen die Staatsgewalt", „Schwere Körperverletzung" „Hochverrat",

„Verstoß gegen das Waffengesetz" lauteten die Anklagen. Der Überfall des „Schwarzen September" drei Tage später auf das Olympische Dorf, die Geiselnahme und das schreckliche Ende auf dem Flugplatz Fürstenfeldbruck wirkte sich auf die Prozesse aus und führte zu unverhältnismäßig harten Strafen. So wurde Bernd Reiser, nein, nicht mit Rio verwandt, der hieß mit bürgerlichem Namen ja Möbius, zu 12 Monaten Haft ohne Bewährung verurteilt.

Ich aber war durch meinen Veitstanz diesem Schicksal glücklich entronnen, und nicht nur ich, es hatte auch niemanden aus unserem Bus erwischt. So konnte ich auf der Rückfahrt ungehemmt faseln, von besserer Organisation und Ausrüstung bei der nächsten Auseinandersetzung, von Schutzschilden und Kleidung aus Asbest auf unserer Seite, bis die anderen, die damals schon klüger waren als ich, mir das Wort abschnitten und mich aufforderten, die „Sache", damit meinten sie die Revolution, doch endlich einmal politisch anzugehen und nicht bloß militärisch.

Leichen pflastern seinen Weg

Woher wir den 16-mm-Projektor hatten, ich habe es vergessen, zur Einrichtung des Bunkers gehörte er jedenfalls nicht, und zu unserem eigenen Agitationsmaterial auch nicht, obwohl wir gut ausgestattet waren, von roten Transparenten über Stelltafeln bis zu einem Hektographiergerät, das mit Druckerschwärze arbeitete und nicht mit Spirit-Carbon-Matrizen. Wahrscheinlich hatte ihn eine der beiden Genossinnen besorgt, Schwestern, die den Sommer im Land Enver Hoxhas verbracht hatten, und deren Augen immer noch leuchteten, aber nicht aus Begeisterung für den dortigen Sozialismus, sondern für die albanischen jungen Männer, die sie dort näher kennengelernt hatten.

Den Film hatte ich besorgt, „Leichen pflastern seinen Weg",

Klaus Kinski und Jean-Louis Trintignant als Gegenspieler, aus dem Angebot des Atlas-Filmverleihs, ich war in der Zeitschrift Filmkritik darauf gestoßen, die ich damals noch abonniert hatte. Geliefert wurde per Bahnfracht, drei schwere Rollen, die nach drei Tagen wieder zurück mußten.

Es sollte eine Veranstaltung gegen Militarisierung und wachsende Kriegsgefahr werden, wir selbst waren noch heiß nach der Niederlage, die wir am Roten Antikriegstag in München gegen knüppelnde Polizei einstecken mußten, Langendamm, Heimat einer Panzerbrigade und eines Artilleriebataillons, dazu das 32nd US-Army Field Artillery Detachments, das für die Bewachung der Atomsprengköpfe, Atomminen und Atomgranaten im Munitionslager Liebenau zuständig war, einen Kilometer entfernt das Engineer-Regiment der britischen Rheinarmee in der Mudra-Kaserne, Langendamm, dieses militärverseuchte Dorf, die Eingemeindung kam erst zwei Jahre später, fanden wir, war überreif für eine solche Veranstaltung, und der alte Munitionsbunker auf dem ehemaligen Muna-Gelände, den sich Jugendliche als Freizeitraum eingerichtet hatten, der beste Ort dafür.

Gekommen waren fast dreißig Leute, sechs von unserer Zelle, drei Kader aus Hannover, eine Handvoll Sympathisanten, die mit uns in München waren, der Rest Jugendliche aus dem Ort, Lehrlinge vor allem, die in erster Linie den Film sehen wollten.

In „Leichen pflastern seinen Weg", das unterscheidet ihn von anderen Western, triumphiert am Ende das Böse in Gestalt der Kopfgeldjäger, die im Auftrag des Kaufmanns und Friedensrichters die Hungernden, die aus Not stehlen, jagen und am Ende niedermetzeln, dann beruht dieses Ende auch noch auf historischen Tatsachen: nach der letzten Rolle war die Dorfjugend voller Empörung über eine Staatsgewalt, die nur für die Reichen handelt. Mein Vortrag im Anschluß, zusammengeschustert aus verschiedenen Artikeln aus dem John-

Schehr-Kurier und der Roten Fahne, die ich auseinandergeschnippelt und auf zwei Blatt DIN A4 neu zusammengesetzt hatte, mußte nur noch ein klein wenig nachhelfen, den Unmut in eine revolutionäre Richtung lenken, weshalb ich einige Passagen, die mir plötzlich allzu papiern erschienen, einfach wegließ.

In der Diskussion ereiferte sich plötzlich ein 17-jähriger Lehrling und zog gegen die Jusos vom Leder, aus dem Nichts, die seien nur dazu da, unseren Zorn einzufangen, von wirksamen Aktionen gegen die Herrschenden abzubringen und versickern zu lassen. Wir klatschten rasend Beifall, das war die Droge, die wir brauchten, befanden uns für einige Minuten in dem Wahn, mit einer solchen Jugend seien wir nur noch wenige Zentimeter entfernt von der Revolution, zumal alle weiteren Beiträge in diese Kerbe hieben. Wir wissen, es kam alles anders, aber zumindest diese eine Runde, wenige Wochen vor den Bundestagswahlen 1972, ging an uns. Sechs der Jugendlichen aus dem Dorf kamen eine Woche später zu einer „Aktionsgruppe", die wir an diesem Abend noch geistesgegenwärtig gegründet hatten, blieben aber nach und nach wieder weg, weil wir statt der versprochenen Aktionen gegen die „Schweine" doch nur das gemeinsame Studium von „Lohn, Preis und Profit" boten.

Auch die drei anwesenden Kader waren von meiner Vorstellung angetan, ich solle doch nach Hannover kommen, die Führung des Jugendverbandes übernehmen. Dem Ruf bin ich gefolgt, aber aus der Karriere wurde dann doch nichts, weil wir schon ein halbes Jahr später beschlossen, die ganze Partei als gescheitert aufzulösen und in den Mülleimer der Geschichte zu entsorgen.

Hotel Leibniz

1975 war der 11. April ein Freitag. Wir trafen uns zufällig in der Cafeteria, Barbara, Roland und ich, Tasse Kaffee in der weißen Plastiktasse vierzig Pfennig, Asso-Kuchen fünfzig, das heißt, den Kuchen hatte nur ich und der Saarländer Roland wie üblich Bier statt Kaffee. Wir kannten uns aus diesem Seminarkollektiv Herbst, hatten uns dort fleißig in der „Kritik der bürgerlichen Geschichtswissenschaft" geübt und planten jetzt das zweite Semester. Ob wir noch einmal „ordentlich einen draufmachen" wollten, bevor der Betrieb richtig losginge: Barbara. Die Idee gefiel uns. Wer denn noch eingeladen werden solle. Marianne und Cornelia aus ihrer WG seien auch wieder aus Soest zurück, außer Roland und mir dann nur noch Bosco. Der wurde so genannt, weil er aus Paderborn kam. Für sechs hätten sie gerade genug zu trinken.

Wir kauften trotzdem noch Cola sowie zwei Flaschen Hansen und machten uns sofort auf den Weg. Die beiden anderen saßen in der Küche und taten erstaunt, Mariannes Augen leuchteten verdächtig, als sie Roland hereinkommen sah, Barbara hob kurz den Daumen zum Zeichen des Erfolgs, Cornelia telefonierte schnell mit dem ahnungslosen Bosco und bestellte ihn ein. Dann wurde in ihrem Zimmer ein Meer von Kerzen aufgestellt, der Plattenspieler angeworfen, wir machten es uns auf dem Teppich bequem, tranken Bier, Cola-Rum und Persico durcheinander und hörten „Tea for the Tillerman" und „Buddha and the Chocolate Box".

Kurz vor acht, wir waren schon recht lustig, trudelte Bosco ein. Die Runde um den Plattenspieler löste sich auf. Marianne und Roland nahmen den strategisch günstigen Platz auf dem kleinen Flur vor Mariannes Zimmer ein und erzählten sich traurige Geschichten aus ihrer Vergangenheit, Barbara, Cornelia und ich süffelten vorerst ohne Musik weiter, Bosco glaubte, ein Anrecht auf Marianne zu haben, setzte sich auch in den Flur und begann als der nüchternste von allen einen heftigen Streit mit Roland, der stetig an Lautstärke zunahm. Roland solle seine ungewaschenen Hände von Marianne nehmen, er, Bosco, liebe sie schließlich, und wolle deshalb auch ungestört von Roland mit ihr zusammen sein. „Das wollen wir doch erst einmal sehen." Roland dachte nicht daran, zu weichen, und legte seinen Arm um Marianne. Das brachte Bosco erst wirklich in Rage. Er stürzte sich auf Roland und wollte ihn von Marianne wegzerren. Ein wilder Ringkampf auf dem engen Flur. Das Tischchen mit dem Telefon kippte um, Bosco gewann die Überhand, schlug mit den Fäusten auf Roland ein, Marianne weinte: „So ein Arschloch."

Jetzt griffen Cornelia und Barbara ein, packten Bosco am Kragen und zogen ihn von Roland herunter. „Von dir wollte ich noch nie etwas." Marianne mit Tränen in den Augen. Barbara scharf≠giftig: „Und du verschwindest jetzt auf der Stelle und läßt dich bei uns nicht mehr blicken." Bosco wollte noch etwas sagen, aber ein vernichtender Blick aus Cornelias Augen ließ ihn verstummen. Er stellte den Telefontisch wieder auf, griff sich seine Tasche und schlich ohne Gruß davon. Marianne und Roland umarmten sich und verschwanden in ihrem Zimmer.

„Von dem lassen wir uns die gute Laune doch nicht verderben, Zapp, oder?" Cornelia legte noch einmal Cat Stevens auf, Barbara schenkte Cola-Rum nach und blickte mir dabei tief in die Augen. Erst in diesem Moment wurde mir klar, warum die Mädchen diese Party überhaupt veranstaltet hatten, und ich rückte näher zu ihr. „Los, Zeit fürs Bett", flüsterte Barbara dann irgendwann, nahm mich an die Hand und zog mich in ihr Zimmer. Cornelia schaute uns traurig nach.

Am Frühstückstisch tauschten Barbara und Cornelia dann rätselhafte Blicke aus, ehe sie verkündeten: „Wir machen durch bis morgen früh. Du hast doch hoffentlich nichts dagegen", an mich gewandt. „Wir kaufen noch ein bißchen ein. Mach es dir solange bequem. Lies, trink, hör Musik." Machte ich, aber an

Musik gab es außer Cat Stevens kaum etwas.

Marianne und Roland fanden nicht aus dem Zimmer und so ging die Fete dann vom frühen Nachmittag an bei Kerzenschein, Cola-Rum, Persico und wieder Cat Stevens zu dritt bis in den späten Abend weiter. „Es ist spät, ich lege mich jetzt schlafen." Ich muß ein ziemlich blödes Gesicht gemacht, als Barbara das sagt und ich verwirrt zwischen den beiden hin und her blickte. „Gute Nacht, ihr beiden", lachte sie glucksend und verschwand. Ich verstand die Welt nicht mehr. „Sei so lieb und komm endlich her zu mir, Zapp." Cornelia hatte sich in ihr Bett gelegt und ich folgte ihrer Aufforderung auf der Stelle.

Am Sonntag vernichteten wir dann in einer seltsam vernebelten Stimmung – natürlich akustisch wieder von Cat Stevens begleitet – die letzten Reste, woran sich jetzt auch das neue Pärchen beteiligte. Endlich machte ich mich müde und um zwei Abenteuer reicher auf den Heimweg. Marianne und Roland aber zogen erst zusammen und heirateten später sogar.

IV. Bagatellen

Hannoversche Presse

Jedesmal, wenn mein Vater mit einem Zeitungsfetzen, den ich noch nicht gelesen hatte, im Küchenherd Feuer machte, ergriff mich das traurige Gefühl, etwas sehr Wichtiges für immer und ewig verpaßt zu haben.

Ertappt

„Was machen die Menschen in der Kirche?", fragte uns Pastor Günther vor fünf Jahrzehnten in der Konfirmandenprüfung. „Sie schlafen", vorwitzelte es postwendend aus mir heraus, wie üblich, ohne mich vorher gemeldet zu haben. Der Pastor sah mich strafend an, die Gemeinde aber dankte mir mit Heiterkeit, was wiederum den Kirchenvorstand Kray weckte, der in der dritten Reihe eingenickt war, nun verstört und Begreifen heischend um sich blickte und damit eine zweite mit Glucksern und Prustern durchsetzte Lachwelle auslöste.

Der Mann, der Karl Marx widerlegte

In der zehnten Klasse hatten wir einen Gemeinschaftskundelehrer, einen Dr. Dr. Weck, der seiner Partei, der FDP, den Rücken gekehrt hatte, weil sie ihm seinen Traum, niedersächsischer Kultusminister zu werden, nicht erfüllen wollte, und der von sich behauptete, einer der wenigen Menschen zu sein, die erstens Karl Marx tatsächlich gelesen haben, zweitens ihn auch verstanden und drittens sogar einwandfrei widerlegen könnten. Damals kannten wir selbst noch nichts von Marx, hatten noch nicht einmal etwas von Rudi Dutschke gehört, wollten den Oberstudienrat aber verlachen, heute, da in Sachen Marx nur noch mit dümmlichen Klischees gehandelt wird, gäbe ich sonst etwas dafür, mit dem Mann ernsthaft über seine Widerlegung zu diskutieren.

Zechpreller

Nur zweimal in meinem Leben bin ich die Zeche schuldig geblieben, einmal, wir waren beide kaum sechzehn, als ich mich mit meinem Freund Jürgen, dem Sohn des Sargtischlers, der zwei Jahre zuvor von zu Hause ausreißen wollte, es mit dem Fahrrad immerhin bis Bremen geschafft hatte, aber am mangelnden Butterbrot gescheitert war, an einem Samstagabend in die Safari-Bar in der Leinstraße wagte und dort von einem Zweimeterschrank von farbigem GI bedrängt wurde, der mir den Griff eines Spazierstocks um den Hals legte und mich aufforderte, zu lachen, woraufhin ich mir vor Angst fast in die Hosen machte, mich mit einer Rechtsdrehung aus dem Krummholz schlängelte und im Armin-Hary-Tempo aus dem Lokal rannte, ohne meine Cola zu bezahlen, das zweite Mal, als ich auf einem Altstadtfest in Hannover auf der Terrasse einer Pizzeria an der Leine zwar glücklich bedient wurde, der Kellner aber fünfmal, meinen Wunsch, zu zahlen, mit „prontamente" beschied, ohne dem nachzukommen, und sich auch auf meinen Zuruf, ich war schon aufgestanden und schob den Stuhl zurück, ich müsse dann eben gehen, ohne zu bezahlen, nicht zu mir bequemte.

Antennendrähte

Damals, als das Fernsehen noch ein Gemeinschaftserlebnis war, als Durbridge-Krimis und Millowitsch-Übertragungen mit Einschaltquoten von fast 90 Prozent die Straßen leerfegten und die Menschen vor den Geräten zu einem einig Fernsehvolk vereinten, zu dieser Zeit beschlossen mein Bruder und seine Kumpel, etwas gegen diese „Volksverdummung" zu unternehmen, schlichen, vorzugsweise donnerstags und samstags, wenn gerade „Der Goldene Schuß", „Vergißmeinnicht" oder „Einer wird gewinnen" liefen, mit einer Zange bewaffnet durchs Dorf, zerschnitten die Kabel, die außen am Haus entlang nach oben zu den Dachantennen liefen, und erfreuten sich daran, wie in den Wohnzimmern, um die vermeintliche Bild- und Tonstörung zu beheben, verzweifelt an den Knöpfen gedreht und gedrückt oder mit Fäusten auf die Geräte eingehämmert wurde. Andere, die ihrem Protest gegen die Verhältnisse Ausdruck verliehen, indem sie Pastor Günther auf die Türklinke schissen oder ein Sackgassenschild an die Kirchentür nagelten, kamen ungeschoren davon, mein Bruder und seine Kumpel aber wurden eines Tages von einer zornigen Witwe erwischt und so mußten meine Eltern mit ihm auf der Polizeistation im Nachbardorf antreten. Polizist L. gab ihnen den pädagogischen Rat auf den Weg, meinen Bruder, um solche Untaten in Zukunft zu verhindern, jeden Morgen im Voraus für die Sünden des Tages zu verprügeln. Mit seinem halbwüchsigen Sohn halte er es auch so und der sei allein deshalb bisher zu einem prächtigen Kerl herangewachsen. Daß sich dieser Sohn später das Leben genommen hat, steht ganz sicher in keinem Zusammenhang mit den Methoden schwarzer Pädagogik, die er in seiner Jugend über sich ergehen lassen mußte.

Nordertorstriftweg

Apropos Serienmörder: Einmal, es muß so gegen 1968 gewesen sein, habe ich die Mutter eines frech gewordenen Fünfjährigen mit einer Greifgebärde und den Worten: „Ich bin der Bartsch!" dazu gebracht, ihn panisch von mir wegzuzerren und die Flucht zu ergreifen.

Völker, hört die Signale

Dann war da noch das Pärchen aus Lüneburg, beide in der KPD organisiert, das beim Orgasmus immer die Internationale absang, alle Strophen, um damit die konterrevolutionäre Sünde eines allzu lustvoll erlebten Geschlechtsakts abzuwaschen. Sabine erzählte mir vor vierzig Jahren im Bett davon.

Dorfgespräch

Unsere erste Rast legten wir kurz hinter Celle in einem Dorf-gasthof links der Landstraße ein. Wir, das waren Ronald, unser Vorarbeiter in der Halle 52 bei Telefunken in Empelde, und ich, in diesem Sommer 1973 zu zweit auf seinem Moped, Zelt und Gepäck in einem Fahrradanhänger, unterwegs in den Urlaub an der Ostsee. Am Nebentisch saßen vier Männer zwischen fünfunddreißig und fünfzig und erzählten einem fünften vom letzten Schützenfest.

– *„Und als die neue Lehrerin hier reinkommt, steht er auf, holt seinen Lümmel raus und legt ihn hier auf'n Tisch."*

– *„As'n Hengst sien', segg ich di, as'n Hengst sien'."*

– *„Ge-wal-tich!"*

– *„Hier auf den Tisch. Neben den Teller."*

– *„As'n Hengst sien'! Sowas hast noch nich sehn!"*

– *„Und sie: Verzieht keine Miene. Wird noch nich mal rot. Kuckt nur ganz kurz hin, lacht und geht weiter, als wär' nix."*

– *„So wahr ich hier sitze."*

– *„Kein bißchen eingebildet oder etepetete. Die paßt hierher."*

– *„Was 'ne Frau. Was 'ne Frau. Prost!"*

– *„Kuckt nicht so, da drüben, ihr zwei. Das stimmt alles. Wort für Wort."*

Wir glaubten ihnen und hätten auch noch gerne mehr von solchem Stoff gehört, aber wir mußten zahlen und weiter, weil wir es an diesem Tag noch bis Bad Oldesloe schaffen wollten.

Monsieur Le Taschentuch

Monsieur Le Taschentuch, so tauften wir den einen der beiden französischen Studenten, die in ihren Ferien bei Telefunken in Empelde in der Halle 52 arbeiteten, die Nächte auf einem Campingplatz in Hannover fröhlich feiernd durchlebten, tagsüber den Schlaf, von uns fürsorglichen Kollegen in einer Höhle aus PALcolor-Kartons versteckt, nachholten, Monsieur Le Taschentuch deshalb, weil er sich, um sein Geschlecht zu betonen, stets zwei, drei Stofftaschentücher vorne in die Hose stopfte.

Tarnanzug

Einmal war ich sogar im Fernseh', 1977 muß das gewesen sein, als Störer in einem 90-Sekunden-Filmbericht über eine Biedenkopf-Veranstaltung im größten Hörsaal des ZHG. Ich war aber nicht als solcher zu erkennen, denn ich sollte dem Genossen Gerold helfen, ein Megaphon in den Saal zu schmuggeln, und hatte zu diesem Zweck meine übliche Parka gegen das seriösere lindgrüne Feincordjackett eingetauscht. Die Tarnung gelang anfangs und flog auch nur auf, weil sie so gut war, daß der Genosse Falko, ein bulliger Typ aus der WG ein Stockwerk über unserer, mich nicht mehr erkannte und für einen RCDSler hielt, der das Megaphon entwenden wollte, mich mit einer krachenden Rechten gegen die Schläfe begrüßte, die mich taumeln ließ, und von den Genossen um ihn herum mühsam zurückgehalten werden mußte, mich vollends zusammenzuschlagen.

Gasthof Bahlmann

Dann war da noch der schwer Abgefüllte in der schmudde-
ligen Arbeitsjacke vor dem Spielautomaten im Gasthof Bahl-
mann in Schessinghausen, an einem Sonntagsspätnachmittag
zwischen Weihnachten und Silvester, der die siebzig Mark, die
ihm die Goldene Serie eingebracht hatte, im Gerät ließ und
weiterspielte, fluchte, tobte und den Kasten mit den Fäusten
bearbeitete, als der nur noch kleinere Gewinne herausrückte
und ihm eine weitere Serie verweigerte, so lange, bis der Apparat nicht nur den kompletten Gewinn, sondern darüber hinaus
auch noch den letzte Groschen aus seinen Taschen wieder ge-
schluckt hatte, er nicht einmal mehr seine Zeche bezahlen
konnte und sanft vor die Tür gesetzt werden mußte. Goofy,
der Bruder von Günni, ist mein Zeuge.

Himmelfahrt

Als ich zusammen mit Martin an Himmelfahrt vor 20 Jahren
mit dem Fahrrad unterwegs war, dorthin, wo einst der letzte
westdeutsche Wolf als „Würger vom Lichtenmoor" sein Un-
wesen getrieben haben soll und Zuchthäusler im Außenlager
Torf stechen mußten, kamen uns in Höhe Wölper Weg zwei
Männer von der Freiwilligen Feuerwehr Erichshagen entgegen,
die sich vollstramm und auf allen Vieren kriechend bereits um
halb zehn auf dem Rückweg von ihrer Vatertagstour befanden.

V. Autor

Peter Walther, Jahrgang 1949, schlug sich vor und nach dem Geschichts- und Germanistikstudium einige Jahre als Aushilfsbriefträger, Bau-, Gartenbau- und Lagerarbeiter durch, führte in Arbeitsbeschaffungsmaßnahmen Interviews mit Zeitzeugen über die Zeit von 1918 bis 1945 und landete schließlich in der Erwachsenenbildung. Die meisten seiner Weggefährten kennen ihn allerdings nur unter seinem Spitznamen „Zapp", den er seit den 60ern fast vier Jahrzehnte als Markenzeichen führte. In Foren, im Usenet und auf Twitter zeichnete er seine Beiträge auch als „Dr. Seltsam", „Erich Milka" oder „Scharfrichter".

In diesem Band sind nun einige der schrägen Gestalten, Orte und Erlebnisse aus seinem Leben versammelt, die er zu kleinen Geschichten verdichtet und zuerst in seinem Blog veröffentlicht hat.